AZRAELLE

Azraelle

ENGEL DES TODES

MICHAEL KOCHER

Bibliografische Information der Deutschen Nationalbibliothek:
Die Deutsche Nationalbibliothek verzeichnet diese Publikation
in der Deutschen Nationalbibliografie; detaillierte bibliografische
Daten sind im Internet über https://portal.dnb.de/ abrufbar.

Verlag: BoD · Books on Demand GmbH, In de Tarpen 42,
22848 Norderstedt, bod@bod.de
Druck: Libri Plureos GmbH, Friedensallee 273, 22763 Hamburg

ISBN: 978-3-7693-4267-3

Inhalt

Kapitel I

Die Novizin

Azraelle

Wie in Zeitlupe sehe ich den Schlitten meiner Beretta 92 zurück und wieder nach vorne schnellen. Im selben Moment erlischt das Lebenslicht in den Augen meines Gegenübers inmitten einer Korona aus Blut.

Seine Lordschaft wird zufrieden mit mir sein. Zumindest hoffe ich das, denn ich bin so schrecklich müde. Wenn ich meinen Auftrag zur Zufriedenheit erfülle, wird mein Herr mich heute Nacht hoffentlich nicht mehr im Keller einsperren und mir stattdessen erlauben, endlich wieder in meinem Bett zu schlafen. Das wird er doch gewiss tun, oder?

Schritte auf dem Flur! Der Schuss war zu laut. Hektisch rutsche ich vom toten Körper auf dem Bett herunter. Das Hotelzimmer durch die Tür zu verlassen, ist nicht mehr drin. *Verdammt! Ich habe zu lange gezögert!*

Stimmen. Jemand hämmert gegen das dunkle Holz der Zimmertür. Ich eile hinaus auf den Balkon und finde mich im Nieselregen wieder, der mich aus einer Art Trance erweckt. Erst jetzt bemerke ich, dass meine Schuhe neben dem Bett liegen. Außerdem hängt mein Mantel noch unten an der Garderobe. *Mist! Den kann ich auch vergessen.* Mit der Waffe in der Hand kann ich wohl kaum in die Lobby spazieren. Draußen kann ich sie aber auch nicht liegen lassen, viel zu riskant. *Ich muss unbedingt verschwinden.*

Geschickt klettere ich über das schmiedeeiserne Balkongeländer und danach behände wie ein Eichhörnchen an der Dachrinne die Fassade des Hotels hinunter. Die Beretta klemmt dabei zwischen meinen Zähnen. Unten angekommen trete ich mit meinem rechten Fuß in den einzigen Rosenstrauch weit und breit. *Aua!*

Ich beiße die Zähne zusammen und sehe zu, dass ich trotz der Schmerzen so schnell wie möglich Land gewinne. Die Straße ist glücklicherweise menschenleer. Ich eile zwei Gassen weiter und biege nach rechts ab. Dort lasse ich mich auf den nassen, kalten Steinboden des Gehsteigs sinken. Gerade noch rechtzeitig, bevor ich die Polizeisirene höre. Im schummrigen Schein einer Straßenlaterne suche ich mit zittrigen Fingern nach den Stacheln, doch die meisten von ihnen kriege ich nicht zu fassen. Egal. Ich versuche, nur seitlich aufzutreten, um die Schmerzen so gering wie möglich zu halten. Fast zwei Stunden hinke ich barfuß durch die Stadt und die Dunkelheit des angrenzenden Waldes, bis endlich Saint George Manor durch den Nebel erkennbar wird. Ich halte inne und fasse an meinen Hals, um meinen Herzschlag zu fühlen. Bis jetzt war er kaum spürbar, doch mit dem ersten Blick auf die Lichter des großen, alten Herrenhauses schnellt mein Puls in die Höhe und mir wird beinahe schwarz vor Augen. Ehrfürchtig trete ich näher, worauf sich das Eisentor zum Anwesen wie von Geisterhand öffnet. Ich straffe meine Schultern und senke demütig meinen Blick. Von diesem Moment an funktioniert mein Körper auf Autopilot. Mechanisch setze ich einen Fuß vor den anderen, als würden die Stacheln in meinem Fuß gar nicht existieren. Pein ist untrennbar mit diesem Ort verbunden, weshalb ich gelernt habe, mir meinen Schmerz nicht anmerken zu lassen. Wehleidigkeit wird hart bestraft.

Es regnet jetzt stärker, und ich bin inzwischen völlig durchnässt. Dreizehn Stufen sind es noch bis zur Eingangspforte. Ich steige sie langsam hoch, während ich in Gedanken rückwärts zähle:

Dreizehn …

Zwölf …

Elf … Ich schlucke leer.

Zehn …

Neun … Seine Lordschaft wird vielleicht doch nicht ganz zufrieden mit mir sein.

Acht …

Sieben … Meine Knie zittern.

Sechs …

Fünf … Meine Beine sind schwer wie Blei.

Vier …

Drei … Meine Lippen beben.

Zwei … Tränen rinnen über meine Wangen und vermischen sich mit dem Regen.

Eins … Die Tür schwingt auf, noch bevor ich die Gelegenheit erhalte, an der Klingel zu ziehen.

»Wo sind deine Schuhe?« Whitney, die Haushälterin seiner Lordschaft, steht vor mir. Obwohl sie kleiner ist als ich, fühlt es sich an, als müsste ich zu ihr aufsehen.

Ich senke mein Haupt noch tiefer und krächze mit weinerlicher Stimme: »Ich habe sie verloren.«

Whitney schnaubt verächtlich und klinkt eine Leine in

den Ring an der Vorderseite meines Halsbandes ein. »Das wird seiner Lordschaft gewiss nicht gefallen.«

Ich schlucke leer, doch meine Kehle ist inzwischen trocken wie Wüstensand, weshalb ich husten muss.

Whitney schiebt prüfend ihren Zeigefinger unter mein Halsband. Dabei sieht sie mir durchdringend in die Augen. Nur für einen kurzen Moment, denn ich kann ihrem Blick nicht standhalten und richte meine Augen stattdessen starr zu Boden. »Du hast zugenommen, Kleines. Auch das wird seiner Lordschaft nicht gefallen. Aber du hast Glück, er ist heute ohnehin außer Haus.« Routiniert macht sie den Handgriff meiner Leine an der Halterung neben der Tür fest und geht.

Warum ist seine Lordschaft denn ausgerechnet heute nicht da, wenn ich zum ersten Mal einen so schwierigen Auftrag ausführe? Bis jetzt hat er jedes Mal auf meine Rückkehr gewartet, um meine Leistung zu beurteilen und mich, wenn nötig, sofort zu bestrafen. Doch wenn mein Herr nicht hier ist, dann werde ich entweder unerträglich lange auf meine Strafe warten müssen, oder aber die Lady wird sich an seiner statt um mich kümmern. Das wäre noch schlimmer, denn die Lady kennt keine Milde. Ich zittere vor Angst. Natürlich verdiene ich keine Milde, wenn ich versage. Dennoch ist seine Lordschaft manchmal gnädig mit mir. Die Lady hingegen …

»Bist du noch ganz bei Trost, Azraelle?« Die Stimme meiner Herrin holt mich in die Realität zurück und ich falle vor ihr auf die Knie, wobei mich das Halsband an der kurzen Leine beinahe stranguliert. Erst jetzt bemerke ich die Waffe in meiner Hand. *Du lieber Himmel, ich habe die Beretta die ganze Zeit über offen in der Hand gehalten! Wenn mich jemand so gesehen hat …*

Mit zittriger Hand strecke ich der Lady die Pistole entgegen. »Ich kann einfach nicht verstehen, wie Martin dir eine Schusswaffe anvertrauen kann!«, sagt meine Herrin streng und reißt mir die Beretta aus der Hand. »Als wäre es nicht schon verantwortungslos genug, sie offen durch die Gegend zu tragen, richtest du dieses Ding nun noch direkt auf deine Herrin!«

»Ich bitte um Verzeihung …«, flüstere ich tonlos. *Wo habe ich nur meinen Kopf?*

Auch ohne aufzublicken – das käme mir nicht im Traum in den Sinn – weiß ich, dass die Lady die Augen verdreht.

»Du weißt, was das bedeutet.« Ihre Stimme klingt distanziert und kühl. Die Lady greift nach meiner Leine.

Ich nicke, erhebe mich und folge ihr mit gesenktem Kopf in den Keller. Die Räume dort unten wurden eigens zu meiner Erziehung eingerichtet. Sie sind alles andere als behaglich, dafür aber zweckmäßig. Der allgegenwärtige Beton und die Beleuchtung sind kalt und hart.

Wir betreten einen großen, rechteckigen Raum, der von einem grellen Licht erfüllt ist. Als meine Herrin stehen bleibt, ziehe ich mich sofort aus, knie mich vor sie und küsse ihre Füße. Sie tritt hinter mich und schon fühle ich den brennenden Schmerz des ersten Hiebs auf meinem nackten Hintern. Angestrengt presse ich die Lippen aufeinander. Ich darf nicht schreien, nicht einmal wimmern. Keinen Mucks darf ich von mir geben, sonst macht sie weiter, bis ich die Besinnung verliere. Ich gebe mein Bestes und irgendwann hören die Schläge tatsächlich auf.

Ich starre auf die dunklen Flecken, die meine Tränen auf dem nackten Betonboden hinterlassen haben. Die Lady steht vor mir und ich blicke ehrfürchtig zu ihr auf. »Danke, Herrin«, flüstere ich mit zittriger Stimme.

Sie verzieht keine Miene. Stattdessen bedeutet sie mir wortlos, mich zu erheben. Ich halte meinen Kopf gesenkt, während sie mich in die Zelle führt. Hier werde ich die restliche Nacht verbringen – wie schon so viele Nächte zuvor. Es ist ein Raum aus nacktem, rohem Beton mit einem ebenso rohen Betonquader im Zentrum, meinem »Bett« für diese Nacht. Die Lady macht meine Leine am Haken fest, wobei sie die Länge so kurz wählt, dass ich nicht aufrecht stehen, sondern lediglich neben dem Quader knien oder mich darauflegen kann. Über dem Quader ist eine gleißend helle Leuchte in die Decke eingelassen, welche permanent brennt, und neben meinem Bett steht ein Metallkrug mit Wasser. Ich habe keinen Durst, müsste aber dringend auf die Toilette. Ich weiß, dass ich die Lady nicht um Erlaubnis bitten brauche, denn meine Bedürfnisse sind ihr bestenfalls egal. Das ist auch richtig so. Ich bin hier, um zu dienen, zu lernen und Gottes Auftrag zu erfüllen, nicht um meinetwillen. So muss ich auch in der Lage sein, meine niederen Bedürfnisse hintanzustellen oder selbst eine Lösung dafür zu finden, ohne die Lady damit zu behelligen.

Was geschieht, wenn der Boden der Zelle am nächsten Morgen nass ist, weiß ich bereits, und ich will es kein zweites Mal erleben. Das Einzige, was mir also bleibt, ist den Krug auszutrinken und danach …

Das allein wäre nicht weiter schlimm, doch wenn seine Lordschaft am Morgen sieht, wie ich den Krug entweiht habe, würde die Strafe dafür furchtbar sein. Darum bleibt mir nichts anderes übrig, als den Krug danach nochmals auszutrinken und immer wieder …

Wortlos verlässt die Lady meine Zelle. Ich lege mich auf den Betonquader und friere. Es ist fürchterlich kalt hier unten. Nach einer gefühlten Ewigkeit – in Wirklichkeit sind wahrscheinlich erst wenige Minuten vergangen – halte ich es nicht mehr aus und tue, was nötig ist. Ich rutsche vom Quader hinunter und greife nach dem Krug. Normalerweise trinke ich nicht sehr viel, denn Wasser macht sich auf der Waage ebenso unangenehm bemerkbar wie Essen, und es ist nicht gut, wenn ich zunehme. Ich muss schlank und agil bleiben für meine Aufgabe. Den Krug zu leeren, ist darum eine Qual für mich. Ich fühle kalten Schweiß auf meiner Stirn. *Nicht zu schnell trinken, bloß nicht zu schnell …*

Nachdem ich den Krug wenig später wieder beinahe zur Hälfte mit Urin gefüllt habe, wärme ich kurz meine Finger daran. Dann knie ich mich neben den Quader, falte meine Hände, lege meine Stirn daran und danke Gott für die Güte, die der Lord und die Lady mir zuteilwerden lassen, indem sie mir dabei helfen, mich zu bessern und mich auf meine künftigen Aufgaben vorzubereiten. Ich darf sie nicht enttäuschen. *Es schmerzt sie gewiss so sehr wie mich, wenn sie mich bestrafen müssen. Das weiß ich, das hoffe ich, das glaube ich.*

Ich greife wieder nach dem Krug, kann mich aber nicht mehr beherrschen. Eine Träne rinnt über meine Wange und fällt mit einem leisen Geräusch in die goldgelbe Flüssigkeit. Es ist totenstill im Kerker, weshalb ich selbst von diesem leisen »Plitsch« einen Widerhall zu hören glaube. Ich kichere – wie töricht! Es steht mir nicht zu, Freude an meiner Strafe zu empfinden. So knie ich mich wieder hin und bitte Gott um Vergebung.

Irgendwann habe ich es geschafft. Der Krug ist leergetrunken und ich lege mich auf den Quader, der sich in solchen Momenten anfühlt wie ein Freund. Aber ich finde keinen Schlaf. Das grelle Licht und die lauten Glockenschläge, die in unregelmäßigen Zeitabständen in großer Lautstärke und in völlig willkürlicher Länge ertönen, mahnen mich, in diesem Raum keine Erholung zu suchen, sondern meine Sünden zu bereuen.

In den Momenten der Ruhe tanzen Traumsequenzen und Erinnerungsfetzen vor meinen müden Augen. Manche davon sind furchtbar und angsteinflößend. Der Drache erscheint und verbrennt die Welt mit seinem Feueratem. Die Teufel versammeln sich im Pandämonium und preisen die Geburt des Antichrists. Doch dazwischen … dazwischen erkenne ich meine Eltern, umgeben vom Licht Gottes. Ich sehe Bilder aus den glücklichen Tagen meiner Kindheit: meinen Vater, der mit mir Cello spielt, meine Mutter, die mir im Garten unseres Hauses lachend einen Ball zuwirft. Ich bin ein kleines Mädchen von vier Jahren und falle rücklings ins Gras, weil ich den Ball nicht fangen kann. Ich blicke in den wolkenlosen Himmel und lache glucksend.

Da erscheinen die Furien der Hölle wieder und verschlingen mein kindliches Idyll. Seine Lordschaft hat mich damals unter Einsatz seines Lebens aus dem Feuersturm gerettet. Sonst gäbe es mich nicht mehr. Manchmal wünsche ich mir aber, es wäre so gekommen …

Nein! Nein, so etwas auch nur zu denken, ist Gotteslästerung! Benommen fahre ich hoch, doch die kurze Leine und das Halsband halten mich unsanft zurück. Ich falle rückwärts, wodurch mein Kopf mit einem dumpfen Schlag auf den Beton knallt. Ohne die Kopfschmerzen zu beachten, lasse ich mich über die Kante des Quaders fallen, knie mich hin und bitte erneut um Vergebung.

Ich muss mich bessern. Wenn ich weiterhin versage und Nacht für Nacht hier unten verbringe, wird seine Lordschaft noch lange darauf warten müssen, dass sich die Prophezeiung erfüllt. Bald ist es vielleicht schon zu spät. Mein Herr gibt sich so große Mühe, mich zu einem nützlichen Werkzeug Gottes zu erziehen. Ich darf ihn nicht enttäuschen. Ich darf nicht versagen!

Kapitel II

Der Orden

Azraelle

»Hoch mit dir, Müßiggängerin!« Die Stimme seiner Lordschaft lässt mich hochschnellen. Wieder würgt mich die Leine, aber ich verharre in dieser Stellung, bis mein Herr mich losbindet. Rasch, aber ungelenk gleite ich herunter und knie mich vor den Lord. »Da-danke, M-Mylord«, stoße ich mit brüchiger Stimme zwischen meinen klappernden Zähnen hervor. Ich bin völlig durchgefroren.

»Mir wurde berichtet, du hast versagt, Azraelle. Das ist bedauerlich.« Trotz der strengen Worte wird mir ein wenig leichter ums Herz. Der Tonfall, mit welchem seine Lordschaft zu mir spricht, ist sanft und milde, beinahe so wie immer. Ich setze ein Lächeln auf, auch wenn mir gleichzeitig die Tränen über die Wangen rinnen. Der Lord wischt sie sanft weg. Sofort ergreife ich seine warme Hand. küsse sie, schmiege mein Gesicht an sie und schluchze. »Es tut mir leid, Herr. Es tut mir so leid, dass ich Euch wieder enttäuscht habe.«

Der Lord verpasst mir mit der Gerte einen Hieb auf die Lende und befiehlt mit sanfter Stimme: »Komm jetzt, steh auf!«

Ich erhebe mich demütig und folge meinem Herrn aus der Zelle. Davor erwartet mich bereits die Lady. Wie es sich gehört, stelle ich mich in die Mitte des Raumes, dort, wo sich das Abflussgitter befindet, und greife nach der Seife am Boden. Im selben Moment trifft mich schon das eiskalte Wasser. Ich quietsche und die Lady lacht, während sie den Schlauch auf mich gerichtet hält. »Nun mach schon, schäum dich ein!«

Ich kann kaum atmen, weil mich die Kälte lähmt, befolge aber den Befehl meiner Herrin. Gründlich reibe ich mit der Seife mehrmals über meinen ganzen Körper, um mich von allfälligem Blut und aller Sünde reinzuwaschen. Als die Lady danach den Seifenschaum von meinem Körper spült, schimmert es unter meinen Fingernägeln schon blau und ich bibbere, als stünde ich seit Stunden im Schnee. Whitney erscheint mit einem Handtuch, mit dem ich mich nun abtrocknen darf. Danach nimmt mich die Haushälterin an die Leine. »Komm mit, Kleines. Wir haben nicht viel Zeit, die Gäste kommen bald.«

Gäste? Wenn seine Lordschaft Gäste empfängt, werde ich in mein Zimmer gesperrt, verhalte mich still und warte, bis die Gäste wieder gegangen sind, bevor ich der Haushälterin in der Küche beim Saubermachen helfe. Warum also spielt das für mich heute eine Rolle?

Whitney kann die Frage wohl in meinem Gesicht lesen. »Nein, dieses Mal stehst du im Mittelpunkt, Azraelle.« Sie bohrt ihren spitzen Zeigefinger in meine Brust und grinst mich an. »Sie kommen allein deinetwegen her.«

Menschen, die meinetwegen nach Saint George Manor kommen? Aber weshalb? Seine Lordschaft hat mich über all die Jahre doch vor der Außenwelt geschützt. Die Welt da draußen weiß nichts von meiner Existenz. Sie darf nichts über mich wissen! Beachtung macht mir Angst, sie ist gefährlich. Wenn ich beachtet werde, merkt die Welt, dass es mich gibt, und dann werden die Dämonen der Hölle mich finden, bevor ich dazu bereit bin, mich ihnen zu stellen! Mein Brustkorb zieht sich zusammen.

Ein Ruck an der Leine holt mich in die Gegenwart zurück. Ich senke demütig mein Haupt und folge der Haushälterin die Treppen hinauf. Es ist kurz vor acht Uhr morgens, wie ich auf der Uhr im Empfangssalon erkennen kann. Draußen ist ein trüber Tag, wolkenverhangen und regnerisch.

Whitney führt mich in die Bibliothek. Augenblicklich geht es mir besser. Einerseits, weil das mein Lieblingsort ist, und andererseits, weil im Kamin ein Feuer knistert, vor das ich mich hinknien darf. Mein Körper fühlt sich an, als würde Eis darin schmelzen. Die Leine baumelt vom Halsband zwischen meinen nackten Brüsten zu Boden. Ich strecke meine zitternden Hände zum Feuer hin und langsam kehrt das Gefühl wieder in meine klammen Finger zurück. Whitney bürstet mein Haar. Sie ist dabei weder besonders grob noch besonders sanft, sondern einfach seltsam mechanisch, so wie bei allem, was sie tut. Ich kenne die Haushälterin seiner Lordschaft, solange ich mich zurückerinnern kann, und trotzdem weiß ich bis heute nicht, wer sie ist. Ich kann nicht sagen, ob sie mich mag oder hasst. Sie zeigt kaum je Gefühle. Jeder ihrer Handgriffe ist routiniert, keiner ist jemals überflüssig.

»Dreh dich um!«, befiehlt Whitney. Ich wende mich ihr zu und sehe zu ihr auf. Die Flammen wärmen nun wohlig meinen Rücken, meinen Hintern und meine Füße. Um mich herum stehen überall hohe dunkle Holzregale mit Büchern aus aller Welt und jeder nur denkbaren Epoche. Dazwischen, neben einem grossen Fenster, steht mein Cello. Sehnsüchtig sehe ich es an. Ich liebe die Musik. Wenn ich spiele, vergesse ich für einen Moment alles um mich herum.

Whitney setzt sich vor mir auf einen Stuhl und greift in die Schatulle auf dem Tisch zu ihrer Linken. Sie zieht einen Kajalstift heraus und schminkt mich. Das hat sie bisher erst wenige Male getan, seit die Lady entschieden hat, dass ich nun alt genug dafür bin. Trotz meines fragenden Blickes erfahre ich keinen Grund, weshalb ich so herausgeputzt werde.

Auf dem Tisch liegen ein neues, schwarzes Spitzenkleid und die dazu passende Unterwäsche. Ich ahne schon, dass es für mich ist. Tatsächlich, nachdem Whitney mit dem Make-up fertig ist, darf ich mich anziehen und nach dem Frisieren zu meiner Überraschung eine gute Stunde in der Bibliothek Cello üben. Ich denke nicht weiter darüber nach, was nach dieser Stunde folgen könnte, sondern genieße die Wärme in der Bibliothek, das Gefühl der schwingenden Saiten unter meinen Fingerkuppen und den warmen Klang meines geliebten Instruments.

»Es ist Zeit, Azraelle.« Die Lady weckt mich aus meiner musikalischen Trance. Sie hat eine eigenartige schwarze Maske aufgesetzt, welche die obere Hälfte ihres Gesichts verhüllt. Meine Herrin nimmt mich an die Leine, um mich hinüber ins große Esszimmer zu führen. Bevor wir eintreten, dreht sie sich noch einmal zu mir um. »Was auch immer gleich geschehen wird, Azraelle, nenn' unter gar keinen Umständen irgendjemandem deinen Namen. Hast du mich verstanden?«

Ich nicke und wir treten ein.

Als ich all die Leute mit ihren dunklen Masken sehe, die dort in einem Kreis versammelt in ihren Sesseln sitzen, bleibe ich stehen und weiche einen Schritt zurück, doch die Lady bewegt mich mit einem Ruck an der Leine dazu, in die Mitte des Kreises zu gehen. Dort nimmt sie die Leine ab und lässt mich stehen. Sie setzt sich in den einzigen noch leeren Sessel. Alle Augen sind nun auf mich gerichtet, niemand sagt ein Wort. Meine Knie zittern. Und dann befiehlt seine Lordschaft: »Zieh dich aus, mein Kind!«

Mein Herz setzt einen Schlag aus. *Was? Ich soll mich hier vor all diesen Leuten ausziehen?*

Doch weil ich die Strafe noch mehr fürchte, als das, was ich tun soll, gehorche ich. Mit zitternden Fingern öffne ich die Knöpfe meines Kleides und schäle mich heraus. Als ich in Unterwäsche dastehe, blicke ich auf und schlucke leer ob all der Blicke, die mir gelten.

»Mach' weiter«, fordert mich meine Herrin auf. Meine Finger zittern so sehr, dass ich die Häkchen meines Büstenhalters kaum zu fassen bekomme. *Auch das noch.*

Dann schaffe ich es und der BH liegt vor mir auf dem Boden. Ich schließe die Augen, greife den spitzenbesetzten Saum meines Slips und ziehe ihn herunter. Regungslos, splitternackt und mit gesenktem Haupt stehe ich im Zentrum dieser geheimnisvollen Runde, während Whitney nach meinen Kleidern greift und sie beiseiteschafft. Es sind fünf Männer und drei Frauen zugegen, die mich mustern. Allein der Gedanke daran, meine Scham mit meinen Händen zu bedecken, reicht aus, die Lady zu erzürnen. Sie verbietet es mir. So lasse ich meine Arme seitlich hängen und warte auf die nächste Anweisung. Es ist still. Einzig das

Ticken der großen Standuhr und das Knistern des Feuers im Kamin sind zu hören. Ich werde angewiesen, nacheinander zu jeder einzelnen Person zu gehen und mich vor sie hinzuknien. Sie alle zeichnen mir, wie bei einer Taufe, mit ihrem Zeigefinger ein Kreuz auf die Stirn.

Dann erscheint Whitney mit meinem Cello. Ich darf mich auf einen Stuhl in der Mitte des Kreises setzen und spielen.

»Darf ich mich zuvor ankleiden, bitte?«, frage ich schüchtern. Doch Whitney schüttelt den Kopf. Ich setze mich hin, spreize meine Beine und platziere das Cello dazwischen. Dann schließe ich die Augen und fange an. Tschaikowsky. Das Andante Cantabile Opus 11. Ich denke nicht mehr daran, dass ich nackt vor einer geheimnisvollen Gruppe Menschen spiele. Ich werde eins mit meinem Instrument.

Als ich die Augen wieder öffne, hat sich die eigenartige Versammlung aufgelöst. Lediglich mein Herr und die Lady sind geblieben und applaudieren.

»Ich kann verstehen, dass du verwundert bist, Azraelle«, richtet schließlich der Lord das Wort an mich. »Der Orden der Drachentöter ist eine recht eigenwillige Gemeinschaft und unsere Rituale erscheinen gewiss befremdlich, wenn man sie zum ersten Mal miterlebt. Du hast dich bestimmt gefragt, warum wir alle diese Masken tragen, nicht wahr?«

Ich nicke stumm.

»Nun, du musst wissen, die Hölle hat überall ihre Diener, und sollten diese jemandes von uns habhaft werden, dann darf es ihnen nicht gelingen, die anderen ausfindig zu machen. Es ist wahrhaft erstaunlich, aber es ist uns tatsächlich gelungen, unsere Identitäten über all die Jahre voreinander geheim zu halten. Mit Ausnahme von mir natürlich. Ich habe den Orden schließlich gegründet und seine Mitglieder auserwählt. Aber selbst mich würde, abgesehen von deiner Herrin, kein anderes Ordensmitglied auf der Straße erkennen.«

Ich habe den seltsamen Eindruck, der Lady missfällt dieser Teil der Erklärungen meines Herrn.

»Und welches Interesse haben die Kreaturen der Hölle denn an diesem Orden, wenn Ihr mir diese Frage gestattet, Mylord?« Ich weiß nicht, ob es mir erlaubt ist, Fragen zu stellen. Doch seine Lordschaft lächelt milde. Offenbar ist er erfreut über mein Interesse. »Wir sind eine Gefahr für sie«, antwortet er stolz. »Die Aufgabe unseres Ordens ist es, die Dämonen der Hölle zu bekämpfen und so die Ankunft des Antichrists auf der Erde zu verhindern.«

»Bedeutet dies etwa, dass ich nun auch zum Orden gehöre?« Es erscheint mir töricht, mich auf dieselbe Stufe mit den Ordensmitgliedern zu stellen und ich erwarte bereits, für diesen Frevel bestraft zu werden. Doch zu meiner Überraschung erwidert seine Lordschaft: »In gewisser Weise ja. Natürlich nicht als Mitglied. Aber deine Ausbildung ist nun abgeschlossen und von jetzt an bist du unsere wichtigste Waffe im Kampf gegen die Dämonen der Hölle. Um dich aber dafür verwenden zu können, mussten uns die übrigen Ordensmitglieder erst ihr Einverständnis geben.«

»Waren sie denn wirklich einverstanden?«, frage ich schüchtern und zugleich ein wenig stolz.

»Wären sie es nicht gewesen, Azraelle, wärst du jetzt tot.«

Ich verstehe noch immer nicht, welchen Zweck dieses eigenartige Ritual vorhin gehabt hat.

Mein Herr scheint mir auch diese Frage anzusehen. »Die Handlanger der Hölle haben in aller Regel eine große

Stärke, Azraelle, und zwar in ihren Lenden. Das allerdings ist zugleich auch ihre größte Schwäche. Kaum ein Dämon kann der Versuchung eines schönen, weiblichen Körpers widerstehen. Und wie wir nun wissen, ist der Orden der Überzeugung, dass dein Körper die beste Falle ist, die wir uns wünschen können.«

Zwei Jahre später

Kapitel III

Der Todesengel

Azraelle

»Lass uns doch zu mir gehen«, sagt Raùl mit sündig erregtem Unterton.

Ich lächle verführerisch, fasse mir leicht beschämt an den Hals und nicke dann. *Das war nun wirklich leicht.* Galant holt Raùl meinen Mantel an der Garderobe des sündhaft exklusiven Nachtclubs und legt ihn mir über die Schultern. Natürlich ist das in erster Linie ein Vorwand, um bei dieser Gelegenheit seine Zunge in meinem Mund zu versenken. Ich erwidere den Kuss so bereitwillig, wie ich es gelernt habe, und Raùl ist fürs Erste zufrieden.

Während ich auf dem Beifahrersitz seines Aston Martin sitze und wir über die Stadtautobahn von London jagen, spreche ich nicht viel. Für Drogenbosse gelten keine Geschwindigkeitsbegrenzungen. Das habe ich schon zur Genüge erleben können, weshalb es mich weder sonderlich beeindruckt noch in irgendeiner Form ängstigt, wenn sich Testosteron in Tempo verwandelt. Trotzdem muss ich ein gewisses Minimum an Bewunderung simulieren, um mein Ziel zu erreichen, denn wenn ich meinen Auftrag nicht erfülle, muss mich seine Lordschaft bestrafen.

Mich schaudert es beim Gedanken an die Worte meines Herrn, obwohl ich den Kerker mit dem Quader schon seit längerem nicht mehr gesehen habe. Seine Lordschaft ist in letzter Zeit meistens sehr zufrieden mit mir und ich bin glücklich darüber, die Aufträge des Ordens zur Zufriedenheit zu erfüllen. Sogar die Lady ist inzwischen vorsichtig optimistisch, dass ich kein Totalausfall bin. Darauf bin ich unheimlich stolz und manchmal träume ich davon, die Lady könnte mich irgendwann sogar liebgewinnen. Das ist schon lange mein sehnlichster Wunsch, denn sie ist der wichtigste Mensch in meinem Leben. Ihre Liebe bedeutet mir noch mehr als die seiner Lordschaft, denn sie ist wesentlich schwieriger zu gewinnen. Während mein Herr dann und wann ein Lob für mich übrig hat, oder mich manchmal sogar auf liebevolle Weise berührt, ist die Lady stets kühl und distanziert, egal, wie viel Mühe ich mir gebe, ihren Ansprüchen gerecht zu werden.

Raùls Villa strahlt die widerliche Aura des Drogengeldes aus, auf dessen Fundament sie erbaut wurde. Es sind Momente wie dieser, welche mir die Wichtigkeit meiner Aufgabe vor Augen führen und mir das erleichtern, was getan werden muss.

»Nein, danke«, erwidere ich auf Raùls Frage, ob ich etwas trinken möchte. »Ich möchte viel lieber etwas anderes kosten.«

Die Kunst der Verführung ist so leicht … Raùl grinst dümmlich, fasst mich am Handgelenk und führt mich die breite Treppe hinauf in sein Schlafzimmer.

»Oh là là …«, ist das Einzige, was er noch hervorbringt, als ich mit dem Überschreiten der Türschwelle die Führung übernehme und er Sekunden später rücklings auf dem Bett liegt.

Raùl ist – rein körperlich betrachtet – alles andere als ein Kotzbrocken, weshalb ich ihm ein kleines Abschiedsgeschenk mache. Ich ziehe ihn aus und erlaube ihm, dasselbe mit mir zu tun. Es ist ungewohnt und seltsam schön für mich, die nackte Haut eines anderen Menschen zu berühren. Diese Nähe spüren zu dürfen, erfüllt mich mit Dankbarkeit. Wohl darum führe ich Raùls Befehl ohne Widerspruch aus und befriedige ihn mit meinem Mund. Dank den nächtlichen Wünschen seiner Lordschaft bin ich darin inzwischen sehr geübt und bringe sicher jeden Mann innert Sekunden völlig um seinen Verstand.

Es dauert nicht lange, bis Raùl unter mir erbebt. Lasziv setze ich mich auf, strecke ihm neckisch die Zunge heraus und schlucke dann alles herunter. Mein Opfer grinst zufrieden und ich setze mich rittlings auf ihn. Ich bin erstaunt über seine Standhaftigkeit, die ihm allerdings nichts bringt. Ich habe keine Erlaubnis, heute meine Jungfräulichkeit zu opfern, und selbst wenn, wäre Raùl dieses Opfers ganz gewiss nicht würdig.

Raùl schließt seine Augen, als ich meine Hände zärtlich über seine Brust gleiten lasse. Ich greife unter das Kissen und fühle die vertraute Form der Beretta in meiner rechten Hand, während ich den Mann vor mir ein letztes Mal küsse. Es ist immer wieder faszinierend, wie wenig die Männer von dem mitbekommen, was ich nebenher tue, sobald ich in ihrem Schlafzimmer bin. Auch Raùl ist völlig entgangen, wie und wann ich meine Waffe unter dem Kissen verstecken konnte.

Genau genommen gehört die Waffe gar nicht mir. Wie

alles andere, was ich benutzen darf – inklusive meines eigenen Körpers –, ist auch sie Eigentum meines Herrn. Darüber täuscht auch die Tatsache nicht hinweg, dass er sie mir vor drei Jahren, zu meinem sechzehnten Geburtstag, zum ersten Mal in die Hand gelegt hat.

Abrupt halte ich im Spiel inne und lehne mich zurück, weshalb Raùl verwundert die Augen öffnet. Doch da ist es schon viel zu spät für ihn. Die Mündung meiner Waffe ist auf sein ebenmäßiges Gesicht gerichtet. Das ist das Letzte, was ich von ihm sehe, bevor ich mit der linken Hand ein Kissen vor den Lauf der Beretta halte und abdrücke. Ich hätte keine Mühe damit, zuzusehen, wie das Projektil seinen Schädel zerteilt, aber das Kissen dämpft den Lärm und lässt Raùls Bodyguards hoffentlich weniger schnell reagieren. Trotzdem zögere ich nicht, von Raùl herunterzusteigen, mich anzuziehen und die Beretta in meiner Handtasche verschwinden zu lassen. Ich schlüpfe mit der Hand durch die Riemen meiner Highheels, verlasse das Schlafzimmer über die ausladende Terrasse und mithilfe eines Stützpfeilers, an welchem ich hinuntergleite, erreiche ich den Parkplatz.

Der Innenraum von Raùls Aston Martin ist sogar noch warm, als ich einsteige und den Motor starte. Den Schlüssel hatte ich Raùl schon abgenommen, bevor wir das Haus betraten. Ich drehe die Zündung und trete aufs Gas.

Eine knappe Stunde später erreiche ich einen Londoner Vorort, der mich heute auf meiner Rückfahrt nach Saint George Manor auf eine seltsame Weise magisch anzieht. Genau genommen ist es eine Kirche, die diese Macht auf mich ausübt. Es sind immer die Kirchen, die mich locken.

Ich weiß nicht, woran das liegt, aber wenn es geschieht, kann ich nichts dagegen tun.

Es ist drei Uhr in der Früh, als ich den Aston Martin vor der Kirche parke und aussteige. Wie in Trance bewege ich mich auf das große Südfenster zu, aus welchem trotz der späten Stunde ein warmes Licht fällt. Mit klopfendem Herzen nähere ich mich dem großen Kirchenfenster, berühre es mit den Handflächen und blicke hinein. Unvermittelt brechen daraufhin die Tränen aus mir hervor und ich falle auf die Knie. Ich schluchze, als bräche alles Elend der gesamten Welt in diesem Moment über mich herein.

Im Grunde hasse ich es, Menschen das anzutun, was ich mit Raùl getan habe. Niemand sollte so enden müssen, egal, was er in seinem Leben verbrochen hat! Aber der Orden ist unerbittlich. Seine Mitglieder suchen akribisch nach den Spuren der Dämonen auf der Erde und natürlich ist es kein Zufall, dass sie dabei in erster Linie im organisierten Verbrechen fündig werden. Die geheimen Treffen, bei welchen der Orden seine Urteile fällt, finden dann jeweils in Saint George Manor statt. Seit meiner »Taufe« darf ich die Ordensmitglieder jeweils zu Beginn mit meinem Cellospiel erfreuen. Sobald sie sich dann aber ihren Besprechungen zuwenden, muss ich mich zurückziehen und werde wie früher in meinem Zimmer eingeschlossen. Meistens erhalte ich noch in der darauffolgenden Nacht einen Zettel mit dem Namen und der Adresse meines nächsten Opfers.

Nicht alle Dämonen sind für den Orden so leicht zu erkennen wie Raùl, der sein wahres Ich ohne jegliche Scham offen zur Schau gestellt hat. Manchmal sind es auch scheinbar ganz harmlose und ehrbare Bürger.

Meinen ersten Mord zum Beispiel verübte ich im zarten

Alter von zwölf Jahren mit Gift an einem korrupten, pädophilen Lokalpolitiker. Als leichtes Lehrstück und noch lange vor meiner Taufe als Todesengel. Er schlief einfach friedlich ein und wachte nicht mehr auf. Ich faltete seine Hände über seiner Brust und küsste ihn auf die Stirn, bevor ich seinen Leichnam verließ. Gift ist gnädig, Kugeln sind es nicht. Sie nehmen den Opfern ihre Würde, wenn sie sie verunstalten. Doch Giftmorde eignen sich nun mal nicht in jedem Fall. Und genau auf diese Fälle hat mich seine Lordschaft vorbereitet. Dafür sollte ich ihm eigentlich dankbar sein, doch ich hasse ihn dafür.

Ich schlage mir die Hand vor den Mund, als ob ich meine Gedanken laut ausgesprochen hätte. *Wie kann ich so etwas auch nur denken? Ich werde mich dafür bestrafen müssen …*

»Miss, geht es Ihnen nicht gut?« Die Stimme lässt mich hochschnellen.

»Nein … Nein, machen Sie sich um mich keine Sorgen. Es ist alles in Ordnung.« Ich kann den Mann kaum sehen. Er steht außerhalb des Lichts und der warme Schein blendet mich.

»Sind Sie sicher, dass Sie keine Hilfe benötigen?«, ruft er mir noch hinterher, während ich zum Auto eile. Irgendetwas an seiner Stimme berührt mich. Schnell springe ich ins Auto, drehe den Zündschlüssel und malträtiere beim Versuch, den Gang einzulegen, das Getriebe. Dann brause ich davon, ohne in den Rückspiegel zu sehen.

Noch als sich das Tor zu Saint George Manor vor mir öffnet, bin ich völlig durcheinander. Ich kann nicht verstehen, was mich vor dieser Kirche derart aus der Fassung bringen konnte. Es wäre wohl das Beste, seiner Lordschaft meinen

Kirchenbesuch zu beichten. Vielleicht würde mein Herr mir die Bedeutung erklären, bevor er mich für meinen Ungehorsam bestraft. Mir ist schon wieder zum Heulen zumute, als ich den Aston Martin parke. So lange schon habe ich den Zorn des Lords nicht mehr auf mich gezogen, habe geglaubt, ich hätte all meine Schwächen überwunden, und nun das!

Wie jedes Mal zähle ich die Stufen hinauf zum Eingang rückwärts und wie jedes Mal schwingt die Tür auf, bevor ich die Klingel auch nur berühren kann.

»Du bist spät dran, Azraelle.« Whitneys Stimme ist kühl, doch sie lässt es bei diesem Tadel bewenden. Mein Herr schläft offenbar bereits, weshalb ich meine Beichte erst morgen ablegen kann. Stattdessen reinige ich unter Whitneys strengem Blick liebevoll die Beretta, lege sie in die Schatulle und übergebe diese in die Obhut der Haushälterin. Whitney nickt kurz und verstaut die Waffe im Safe. Danach führt sie mich in mein Gemach, wo sie mir die Leine abnimmt, um sie draußen vor der Zimmertür an den dafür vorgesehenen Platz zu hängen. Als Whitney sich zum Gehen wendet, kann ich nicht anders und spreche sie zum allerersten Mal in meinem Leben an. »Whitney?«, flüstere ich. Die Haushälterin zuckt zusammen und sieht mich mit einem erstaunten Gesichtsausdruck an. Es ist mir in Saint George Manor nicht gestattet, zu sprechen, ohne dazu aufgefordert zu sein.

»Ja?«, erwidert sie zu meiner Überraschung.

Doch ich weiß gar nicht recht, was ich sagen soll. »Tut … tut mir leid … ich …«

»Leg' dich schlafen Azraelle, du wirkst durcheinander und die Nacht ist kurz.«

Ich nicke und senke demütig mein Haupt. Whitney mustert mich kritisch, bevor sie mein Zimmer verlässt. Wie jede Nacht schließt sie mich ein.

Rasch schlüpfe ich aus meinem Kleid, falte es akkurat zusammen und lege es auf den Stuhl unter dem vergitterten Fenster. Der Vollmond scheint herein, weshalb ich einen kurzen Moment verharre, um hinaus in den Garten zu schauen, bevor ich ins angrenzende Bad gehe, um mich abzuschminken und zu waschen. Mein Gesicht sieht furchtbar aus. Die Tränen haben mit der Wimperntusche richtige Bäche auf meinen Wangen hinterlassen.

Auch nach dem Abschminken sehe ich nicht wirklich besser aus. Meine dunkelbraunen Rehaugen sind blutunterlaufen, ich bin hundemüde und furchtbar traurig über mein Schicksal. Ich löse die Klammer meiner Hochsteckfrisur und meine blonden Haare fallen auf meine Schultern. Die Farbe ist ungewohnt, denn eigentlich sind meine Haare schwarz. Aber für meinen heutigen Auftrag musste ich mich dem Beuteschema meines Opfers anpassen.

Obwohl ich mich vor Müdigkeit kaum mehr aufrechthalten kann, schleppe ich mich unter die Dusche. Auch wenn ich für den Staat nicht existiere, kann man nie vorsichtig genug sein, weshalb seine Lordschaft darauf besteht, dass ich nach einem Mord so rasch wie möglich alle nur denkbaren Spuren beseitige. Danach schaffe ich es gerade noch, mich zu meinem Bett zu schleppen und mein Gebet zu murmeln, ehe ich nackt unter das Laken schlüpfe. Bereits im Halbschlaf greife ich nach der Spieluhr auf meinem Nachttisch – ein kleines, rosafarbenes, herzförmiges Holzkästchen mit einem Spiegel im Deckel und einer kleinen Ballerina, die Pirouetten dreht. Es ist vom Feuer leicht angesengt, aber neben meinem Cello der wichtigste Gegenstand in meinem Leben. Die Spieluhr ist das Einzige, was mir aus meinem früheren Leben geblieben ist. Ich ziehe sie vier Umgänge auf und lausche der Melodie von »Twinkle, twinkle, little star« für die paar Sekunden, die ich dazu brauche, um einzuschlafen.

Kapitel IV

Die Ermittlerin

Florence

»Cunnilingus! Holen Sie mir einen Kaffee!«

»Cunningham, Sir.«

Cunnilingus! Echt jetzt? Ich spreche nicht aus, was ich denke, aber nun ist es amtlich: Detective Chief Inspector Calderon Briggs ist definitiv ein Arschloch! Ich wusste es eigentlich schon, als ich zum ersten Mal sein graues Büro betrat, um den Platz an einem schäbigen kleinen Pult zu beziehen.

Mein Arbeitsplatz lässt böswillig jegliche Ergonomie vermissen, und das nur, um den Raum vor Briggs' erratischem Schreibtisch größer erscheinen zu lassen, als er ist. Briggs liebt es, jeden Eintretenden lange und eingehend zu mustern, bis er vor seinem Schreibtisch steht. Um bei dieser Zeremonie nicht im Wege zu sein, steht mein Tisch so nahe am Fenster, dass ich mich kaum zwischen ihn und den ausgeleierten Bürostuhl quetschen kann. Doch ich beschwere mich nicht. Niemand mit einem Mindestmass an Karriereambitionen beschwert sich über DCI Briggs.

Der Mann ist eine Legende der Kriminalistik, die Zierde der britischen Polizei ist er trotzdem nicht. Er ist ein Misanthrop erster Güte, der seine notorisch schlechte Laune schon seit Jahrzehnten an seinen Assistenten auslässt. Dass ihm nun so kurz vor seiner Pensionierung ausgerechnet noch eine Frau zugeteilt werden musste, die zu allem Überfluss bloß Trainee Detective Constable ist, belastet das Verhältnis zwischen uns zusätzlich.

Briggs sieht kurz von seiner Tastatur auf, welche er zuvor mit beiden Zeigefingern und ungefähr zwei harten Anschlägen pro Minute malträtiert hat. Sein Blick braucht keine weitere Erläuterung. Der Chief Inspector hasst jegliche Form von Gegenwehr, selbst wenn die nur darin besteht, ihn auf den richtigen Namen hinzuweisen.

»Ja, Sir«, sage ich tonlos, erhebe mich von meinem Schreibtisch und verlasse den Raum. Dabei kann ich förmlich fühlen, wie sein Blick an meinem Hintern haftet. Ich schließe so schnell wie möglich die Tür hinter mir und atme aus.

Gott sei Dank.

Nein, ich glaube nicht an Gott. Dennoch bin ich ihm für jeden Augenblick dankbar, in dem ich Briggs' Büro entfliehen kann. In seinem Refugium hat jegliches Leben aufgehört. Es soll ja Menschen geben, die sich auf ihre bevorstehende Pensionierung freuen und ihre Nachfolger in den letzten Monaten ihrer Tätigkeit an ihrem lange angesammelten Wissen teilhaben lassen. Andere fürchten sich vor diesem neuen Lebensabschnitt und stürzen sich deswegen in ihre letzten Aufgaben. Briggs dagegen ... Briggs sitzt an seinem Schreibtisch, schaut sich Pornos an und wartet auf sein Karriereende. Und dennoch steht es nicht zur Debatte, meine Versetzung zu beantragen oder ihn bei der Aufsichtsstelle zu melden. Dafür bin ich zu ehrgeizig und er ist zu einflussreich.

»Guten Morgen, Cunningham«, begrüßt mich Detective Inspector Charleen Taylor, als ich den Pausenraum betrete und die Kaffeetasse meines Chefs aus dem Regal nehme.

»Morgen«, erwidere ich missmutig.

»Na, ist Briggs wieder mal mies drauf?«

»Wann denn nicht?«

»Ich finde wirklich, Sie sollten sein Verhalten melden.«

Ich rümpfe die Nase. »Na ja. Vielleicht finden wir uns ja noch. Ich habe so viel von seiner legendären Spürnase gehört und ich würde gerne noch von seiner Erfahrung als Ermittler profitieren, bevor er in Pension geht.«

Taylor sieht mich mitleidig an. »Es ist Ihnen zu wünschen, bei dem Preis, den Sie dafür zahlen … Seit er in Richtung Ruhestand gedrängt wurde, ist er sogar noch sexistischer geworden, als er es zuvor schon war.«

»Ach, wissen Sie, damit kann ich umgehen. Ich kann mir nicht vorstellen, dass in seiner Hose wirklich noch etwas Gefährliches lauert. Darum macht mir das kein Kopfzerbrechen«, gebe ich trocken zur Antwort, während ich mit der Tasse den Pausenraum verlasse.

Nein, ich bin alles andere als ein scheues Reh. Ich mag zwar unauffällig sein, mit meinen nicht mal ein Meter sechzig Körpergröße, meinem eher drahtigen als schlanken Körperbau und Brüsten, die nur mit gutem Willen Körbchengrösse A ausfüllen. Aber als »Ginger Girl« mit Sommersprossen überall am Körper und einer schlecht verheilten Narbe auf der linken Wange habe ich im Kinderheim schon früh gelernt, mich zu behaupten. Mich mit DCI Briggs anzulegen, wäre aber dennoch eine ausgesprochen schlechte Idee. Erstens genießt er trotz seiner unmöglichen Art ein hohes Ansehen und zweitens gilt er noch immer als einer der besten seines Fachs. Ich habe die – zugegebenermaßen zweifelhafte – Ehre, seine letzte Praktikantin zu sein, und auch wenn ein Stage bei ihm wenig Spaß macht, ist es doch eine einmalige Chance.

Ich bin gerade im Begriff, die Klinke der Bürotür herunterzudrücken, da höre ich Emily Michaelis, Inspector Taylors hübsche, blonde Assistentin, meinen Namen rufen: »Florence, warte!«

Als ich mich umdrehe, drückt Emily mir eine Aktennotiz in die Hand und zwinkert mir zu. »Taylor meint, wir sollten das vielleicht euch überlassen. Das könnte deinen Chef möglicherweise doch noch aus der Reserve locken.«

Ich lächle sie schüchtern an, greife nach der Notiz und verschwinde im Büro. *Wie war das mit* »*Ich bin nicht scheu*«? Emily fasziniert mich schon, seit wir zusammen auf die Universität gegangen sind. Aber ich habe mich bis jetzt noch nie getraut, mich mit ihr zu verabreden, weil ich fürchte, sie steht nicht auf Frauen, und ich will die zarte Freundschaft zwischen uns nicht riskieren. Darüber hinaus habe ich schlicht auch zu viel Angst, enttäuscht zu werden.

Taylor hatte recht. Zehn Minuten später sitze ich auf dem Beifahrersitz von Briggs' Dienstwagen, einem abgetakelten Rover in Jaguar Racing Green, und überfliege ein paar Akten zu einigen seiner früheren Fälle. Der Chef fährt selbst, und das, obwohl sein Blutalkoholspiegel wohl nie unterhalb der zulässigen Promillegrenze liegt. Darum ist es ganz gut, wenn ich mich in etwas vertiefen kann und nicht so genau mitverfolgen muss, wie wir in Briggs' Wagen durch London schlingern.

Als wir schließlich den Tatort erreichen, bleibt mir angesichts dieses riesigen Anwesens beinahe der Mund offen stehen. Raùl Fuentes war der aufstrebende Stern in Londons Sex- und Drogenmilieu und was in seinen Lokalen vorging, bewegte sich stets haarscharf an der Grenze zur Illegalität. Mal auf der einen, mal auf der anderen Seite. Er hat definitiv vieles richtig gemacht, um zu Geld zu kommen, wenn auch nicht auf dem bestmöglichen Weg. Andernfalls wären wir heute wohl nicht hier.

Briggs spricht kein Wort, während wir aussteigen und uns der modernen Villa nähern. Im Gegensatz zu Briggs, dem bereitwillig das Absperrband für einen ungehinderten Zutritt angehoben wird, werde ich von einem schlaksigen Constable in meinem Alter aufgehalten.

»Cumming-Hen! Wo bleiben Sie? Flirten können Sie am Abend!«, bellt Briggs mir über seine linke Schulter zu, ohne anzuhalten.

Der Beamte sieht mich mit einem Ausdruck von Verwirrung und Belustigung an. »Cumming-Hen?«

»Cunningham«, erwidere ich genervt und schaue ihn säuerlich an, als ich ihm meinen Dienstausweis zeige. Dann lässt er mich durch, allerdings ohne das Band für mich zu heben. Wie ein braves Hündchen eile ich meinem Vorgesetzten hinterher und hole ihn schließlich an der Haustür ein.

»Detective Chief Inspector Briggs«, stellt er sich gerade einer in Tränen aufgelösten Frau im Pelzmantel vor, die vermutlich Raùl Fuentes Mutter ist. »Und das ist meine Assistentin Detective Constable Cumminghen.«

»Cunningham«, korrigiere ich kurzatmig. »Mein Beileid.« *Unglaublich, selbst in so einer Situation zieht er es durch!*

Briggs hält sich nicht lange mit der Mutter des Opfers auf, zumal das, was sie sagt, nahezu unverständlich ist, sodass er sie rasch in die Obhut ihres Care-Teams übergibt.

Im Gegensatz zu mir, die das atemberaubend große Atrium der Villa bestaunt, ist Briggs vollkommen unbeeindruckt und geht schnurstracks die Treppe hoch. Ich muss mich schon wieder beeilen, um ihn einzuholen.

Im Flur des Obergeschosses brandet mir bereits der Geruch von Blut entgegen. Ich habe bisher zwar schon ein paar Tote gesehen, aber ich fühle, dass das hier anders ist. Das Kopfende des Bettes ist mit Hirnmasse übersät, die weiße Bettwäsche mit dunkelrotem Blut getränkt. Raùl Fuentes' Kopf ist mit einem Kissen zugedeckt.

Briggs verzieht keine Miene, als er das Schlafzimmer des Opfers betritt und sich umschaut. Ich tue es ihm gleich, werde aber ungewollt immer wieder von dem schrecklichen Bild angezogen, obwohl sich mir bei jedem Blick fast der Magen umdreht.

»Die Spurensicherung ist mit dem Bad da drüben sicher schon durch«, höre ich Briggs Stimme wie durch Watte und eh ich mich versehe, beuge ich mich schon über die Toilettenschüssel. *Gott, ist das peinlich!*

»Besser?«, fragt Briggs, ohne sich zu mir umzudrehen, als ich mit zitternden Knien ins Schlafzimmer zurückkehre.

»Ja, etwas«, erwidere ich kleinlaut.

»Ihr erstes Mordopfer?«

Ich nicke wortlos, obwohl er von mir abgewandt ist. Es ist ohnehin eine rhetorische Frage.

»Als ich das erste Mal etwas Vergleichbarem gegenüberstand, wurde mir auch flau im Magen, aber ein paar Jahre später hat mich nicht mal mehr die Leiche im Häcksler beeindruckt. Und das war wirklich eine Sauerei. Ich meine, das hier, na ja, was ist schon das bisschen Blut und Hirn verglichen mit einem Menschen, der durch den Fleischwolf gedreht ...« Den Rest höre ich nicht mehr, weil ich erneut über der Schüssel hänge. *Der Kerl macht mich echt fertig!*

Mit zittriger Hand greife ich nach einem Papiertuch aus dem Equipment des Coroners und wische mir den Mund ab. *Merke: Zum nächsten Tatort unbedingt Taschentücher und eine Flasche Wasser mitnehmen.* Meine Kehle fühlt sich an, als würde die Magensäure gerade sämtliche Schleimhäute zersetzen. Zur Sicherheit berühre ich den Wasserhahn beim Trinken nur mit einem Tuch. *Wenn Briggs falschlag, wird die Spurensicherung trotzdem ganz schön sauer auf mich sein.* Ich wanke zurück.

»Was denken Sie?«, empfängt mich Briggs mit herausfordernder Miene. Ich lasse mich nicht hetzen und sehe mir den Ort des Geschehens genauer an. Fußspuren auf der Terrasse, nackte Füße, Schuhgröße neununddreissig ungefähr, sie enden am Geländer.

»Ich tippe auf eine Frau, obwohl die Art und Weise der Ausführung der Tat eigentlich dagegenspricht. Wahrscheinlich ist sie eine Auftragskillerin. Sie ist bestimmt ausnehmend hübsch, sonst hätte sie es nicht in sein Bett geschafft. Aufgrund der Grösse der Fußabdrücke schätze ich sie auf etwa eins fünfundsiebzig. Offenbar ist sie recht sportlich. Sie hat den Tatort über den Stützpfeiler dort drüben verlassen. Ich denke, die Spurensicherung wird jede Menge Hinweise finden.«

»Gut«, erwidert Briggs nur und bedeutet mir, ihm zurück ins Schlafzimmer zu folgen. Nun stehen wir direkt vor dem

Bett, wo Briggs ohne Vorwarnung das Kissen vom Gesicht des Opfers hebt. Ich bin selbst erstaunt, dass ich meinen Magen unter Kontrolle halten kann, bis ich zum dritten Mal über der Kloschüssel hänge. Die starren Augen verfolgen mich danach selbst dann noch, als wir wenig später im Auto sitzen, um zurück aufs Revier zu fahren.

»Sie sehen aus, als könnten sie einen Drink vertragen.« Briggs wartet meine Antwort nicht ab, sondern parkt seinen Wagen vor einem Pub, dessen beste Tage schon Jahrzehnte zurückliegen, und geht hinein. Ich überlege gar nicht erst und folge ihm.

»Zwei Doppelte, Tom.« Briggs fragt nicht, sondern bestellt, während er sich auf den Hocker schwingt. »Nehmen Sie Platz, Cumminghen.«

»Cunning- …« *Ach, vergiss es …*

Missmutig setzte ich mich neben den Chief Inspector an die Bar und greife nach dem Whisky vor mir. Eigentlich bin ich ja noch im Dienst. Aber er hat trotzdem recht, ein Glas kann wirklich nicht schaden.

»Ihr erster?«

»Was?«

»Mord, nicht Whisky. Sie haben die Frage vorhin nicht beantwortet.«

Ich nehme einen Schluck und starre danach einige Augenblicke schweigend in die dunkelgoldene Flüssigkeit in meinem Glas. »Wie lange dauert es, bis …«

»… Sie ein Mord nicht mehr berührt?«, vervollständigt Briggs meine Frage. »Ich hoffe, das geschieht nie.«

»Nein, das meinte ich nicht. Wie lange verfolgt mich das Bild, das Sie mir netterweise in meine Netzhaut gebrannt haben, als sie das Kissen hochgehoben haben?«

»Wenn Sie mehr als zwei Nächte nicht schlafen können, sollten Sie vielleicht besser Parkbußen verteilen, Deflorence.«

Deflorence … Jaja, Defloration, ich versteh' schon … Diese dämlichen Witze werden ja immer platter! Ich schlucke meinen Ärger herunter und spüle mit Whisky nach.

»Nochmal zwei, Tom.«

»Warum interessiert Sie dieser Fall, Chief?«

»Es ist mein Job.«

»Das wären die letzten auch gewesen und trotzdem ist dieser der erste, der Sie aus dem Sessel gehoben hat.«

»Für die anderen hatte ich keine Zeit. Wie sie wissen, gibt es jede Menge Lesben-Pornos im Internet. Die laden sich nicht von allein runter.«

Ich mustere ihn sicher eine halbe Minute lang betont gelangweilt. Schließlich seufzt er. »Haben Sie die Akten gelesen, die ich Ihnen gegeben habe?«

»Ich habe sie überflogen.«

»Und warum fragen Sie dann noch?«

»Sie glauben, es ist dieselbe Täterin?«

»Nein, ich weiß es.«

»Warum konnte sie bisher nicht identifiziert werden? Sie hat so viele Spuren hinterlassen, dass die Forensiker wohl ein 3-D-Modell von ihr anfertigen könnten.«

»Und doch hab' ich sie nie verhaftet, genau.«

»Nein, das haben Sie nicht.« Der Whisky auf leeren Magen steigt mir in den Kopf.

»Ich denke, Sie sollten sie fragen.«

»Wen? Was meinen Sie?«

»Emily Michaelis. Den blonden Engel, den sie immerzu anhimmeln. Sie hat zwar den Verstand einer Sumpfdrossel, aber süß ist sie tatsächlich.«

Ich starre Briggs einige Sekunden lang mit offenem Mund an. Dann greife ich nach meinem Glas, trinke es in einem Zug aus und verlasse das Pub ohne ein weiteres Wort.

»Selbstverständlich lade ich Sie ein, wenn sie schon so nett fragen!«, ruft Briggs mir beim Hinausstolpern hinterher. Ich ärgere mich darüber, was er über Emily gesagt hat. Nur hat er leider recht: Sie ist zwar die liebste und hübscheste Person, die ich kenne, davon abgesehen aber leider auch unfassbar naiv. Obwohl sie Klassenbeste im Studium war, fehlt ihr seltsamerweise jegliche Fähigkeit, ihr Wissen in der täglichen Arbeit gewinnbringend einzusetzen. Trotzdem hat Briggs kein Recht, so über sie zu sprechen.

Aber egal, ich muss eh los und so habe ich wenigstens einen guten Grund, mich ohne weitere Begründung vom Acker zu machen. Der Bus erspart mir darüber hinaus die Peinlichkeit, mich von meinem betrunkenen Vorgesetzten nach Hause chauffieren zu lassen.

Ich habe heute Abend noch eine Kundin. Davor muss ich mich zurechtmachen und ans andere Ende der Stadt fahren. Seit ich im Trainee-Detective-Programm bin und auch auf diesem Wege Geld verdiene, muss ich es nicht mehr ganz so oft tun. Damals im Waisenhaus war das anders. Es war allerdings nicht nur das Geld gewesen. Nein, ich hatte ausbrechen wollen, und das in jeglicher Hinsicht. Das Waisenhaus war grässlich und ich brauchte die Nähe anderer Menschen. Kaum war ich alt genug, um endlich einen gewissen Freiraum zu bekommen, hatte ich mich bei einer Escort-Agentur gemeldet. Die wollten mich nicht, weil ich minderjährig war und lesbisch noch dazu. Zumindest offiziell nicht. Darüber hinaus habe ich diese Narbe im Gesicht, die mich verwegener aussehen lässt, als ich es bin. Auch die habe ich aus dem Waisenhaus. Es gab da ein Mädchen, das ein paar Jungs dazu anstachelte, mir immer wieder Streiche zu spielen, vor allem, als sie darauf kam, dass ich mich zu Frauen hingezogen fühle. Eines Abends stießen sie die große Blumenvase im Eingang vom Tisch, als ich gerade vorbeiging. Da stürzten sie sich auf mich und hielten mich fest. Das Mädchen krallte sich eine große Scherbe und schnitt mir damit die linke Wange auf. Es war kein sauberer Schnitt, weshalb die Narbe bis heute deutlich zu sehen ist. Ich musste ihnen versprechen, sie nicht zu verraten und alles auf einen Unfall zu schieben. Ich war nicht schwach, ich war nicht feige, ich war nicht auf den Mund gefallen, aber ich war allein und hatte keine Möglichkeiten, die Macht dieser Bande zu brechen. Das war der Moment, in dem ich mich entschied, Polizistin zu werden. Außerdem hatte ich gehofft, auf diesem Weg irgendwann meine Eltern ausfindig zu machen. Wer sein Kind in einem Bahnhofsschließfach aussetzt, hat gute Chancen, früher oder später straffällig zu werden und in einer Datenbank aufzutauchen. Meine leiblichen Eltern blieben jedoch vom Erdboden verschluckt und meinen Pflegeeltern, bei denen ich meine ersten paar Lebensjahre verbracht hatte, habe ich kein Glück gebracht. Sie sind bei einem Autounfall ums Leben gekommen. Die Familie, die mich danach aufnahm, kam nicht mit mir zurecht und von da an wollte mich niemand mehr, weshalb einzig noch das Waisenhaus blieb.

Und aus dieser Situation wollte ich herauskommen, selbst wenn der Preis dafür war, meinen Körper zu verkaufen. So war ich schon beinahe begeistert, als mich am nächsten Morgen jene Frau anrief, mit der ich tags zuvor das Interview gehabt hatte. Sie fragte mich, ob ich diskret sein könne. Wenn es anders gewesen wäre, hätte ich mich wohl kaum bei ihr gemeldet. Sie bot mir an, für sie zu arbeiten. Direkt und ohne die Agentur, für die sie tätig war. Ich würde auf diese Weise mehr verdienen, hätte aber dafür keinen Schutz. Ich sagte zu. Um zur Kriminalpolizei zu gehen, brauchte ich ein Studium, aber als Waise war ich dafür nicht des Staates erste Wahl. Ich musste also selbst Geld auftreiben, um die Studiengebühren zu bezahlen.

Auf der anderen Seite lebe ich in der ständigen Angst, aufzufliegen. Meine Karriere bei der Kriminalpolizei wäre bestimmt zu Ende, bevor sie angefangen hat, wenn bekannt würde, was ich tue. Außerdem ist mein Nebenjob nicht immer schön. Einige Beziehungen sind es aber durchaus wert. Eine davon ist die mit Baroness Mary, die mich heute erwartet. Sie ist inzwischen über achtzig Jahre alt und sie genießt es zumeist einfach, meinen jungen Körper zu betrachten. Manchmal diene ihr auch als Aktmodell, weshalb es inzwischen schon eine ganze Reihe Ölbilder von mir gibt, worauf ich ein wenig stolz bin. Die Baroness hat einmal angedeutet, sie habe mich ausgewählt, weil mein Körper sich ideal für Malerei im Renaissancestil eigne. Manchmal will sie auch einfach meine nackte Haut berühren und ab und zu dabei zusehen, wie ich mich auf ihrem Jugendstilsofa räkele oder mich selbst befriedige. Zu Beginn war es mir schrecklich peinlich, dabei beobachtet zu werden. Inzwischen kann ich dieses Gefühl allerdings recht gut verdrängen.

An der nächsten Haltestelle steige ich in einen Bus und fahre nach Hause. Ich dusche und putze meine Zähne, um die unangenehme Mischung aus Magensäure und Whisky loszuwerden. Es dauert, bis ich das Gefühl habe, wieder ich selbst zu sein. Aber als ich schließlich in den Spiegel meines schäbigen Schlafzimmerschranks sehe, blickt mir von dort wieder die adrette Nutte entgegen, die ich in meinem anderen Leben bin. Durchatmen und los.

In der U-Bahn klingelt plötzlich mein Handy. Es ist Sibyl, meine Agentin. »Hi Florence. Schlechte Nachricht. Baroness Mary hat abgesagt. Es geht ihr heute nicht gut.«

Ich schlucke leer. Ich bekomme nichts, wenn jemand absagt. So ist das eben mit Schwarzarbeit. Gut möglich, dass mir die Baroness beim nächsten Mal zur Entschädigung hundert Pfund zusätzlich gibt, aber ich brauche das Geld jetzt, nicht erst in ein paar Tagen. Es ist Ende des Monats, Miete und Schuldzinsen sind fällig.

»Oh nein …« Die Enttäuschung in meiner Stimme ist deutlich zu hören.

»Ja, ich weiß, Florence … Ich hätte auch eine Alternative, aber die wird dir nicht gefallen.«

»Sag schon.«

»Der Colonel …«

Meine Knie zittern augenblicklich. Aber ich hauche ein »Okay« ins Telefon.

»Bist du dir sicher?«

Ich nicke. Ein paar Sekunden später ergänze ich »Mhm …«.

»Gut«, erwidert Sibyl in professionellem Tonfall. »Ich sage ihm Bescheid, dass du in zwanzig Minuten da bist.«

»Sag dreißig. Ich muss noch kurz zur Apotheke. Er wartet nicht gerne.«

»Okay, mach ich. Einen schönen Abend noch, Florence, und pass' auf dich auf.«

Sag das besser ihm, antworte ich in Gedanken. Ich mag den Colonel nicht. Das liegt nicht etwa daran, dass er ein Mann ist. Nein, es liegt einfach daran, dass der Colonel ein fürchterlicher Mensch ist. Er ist der einzige Kunde, vor dem ich wirklich Angst habe. Sibyl weiß das und trotzdem tut sie nach meiner Zusage so, als hätte sie mich bloß zum Milchholen geschickt. Das schmerzt mich.

An der nächsten Haltestelle steige ich aus. Mit zittrigen Knien eile ich durch das Gewirr des Londoner Untergrunds, bis mich eine unbarmherzige Rolltreppe an die Oberfläche spült. Leicht abwesend betrete ich die nächstgelegene Apotheke.

»Miss? Geht es Ihnen nicht gut?« Ich habe gar nicht richtig mitbekommen, dass ich schon am Tresen stehe. Im Spiegel hinter der Apothekerin sehe ich, dass mein Make-up verschmiert ist. Habe ich bei dem Telefongespräch mit Sibyl etwa geweint? Hastig nestle ich ein Taschentuch hervor und beseitige die größten Schäden.

»Nein, nein, alles in Ordnung. Nur der Regen …«

Die Apothekerin sieht mich mitleidig an. Heute war ein mehrheitlich bewölkter Tag in London, ja, aber Regen hatte es nicht gegeben. Ich reiche ihr ein zerknittertes Rezept, das mir einer meiner nicht ganz so regelmäßigen Kunden – ein reichlich perverser Frauenarzt – vor ein paar Monaten ausgestellt hat. Die Apothekerin stutzt, sieht mich misstrauisch an, verschwindet dann aber im hinteren Bereich der Apotheke und öffnet eine Schublade. Sie kommt mit einer vertrauten Schachtel zurück: *Oxycodon … Yay!*

Zurück in Richtung U-Bahn kaufe ich mir an einem Kiosk eine Flasche Mineralwasser und ein Päckchen Zigaretten. Gleich um die Ecke drücke ich mit zittrigen Fingern eine Tablette aus dem Blister und spüle sie runter. Danach angle ich eine Zigarette aus der Packung und stecke sie an. Ich lege meinen Kopf in den Nacken und lehne mich an die Hauswand hinter mir. Als die Zigarette aufgeraucht ist, mache ich mich auf den Weg. Zu Fuß, denn es ist nicht mehr weit von hier. Mit jedem Schritt fühle ich, wie das Opioid mehr von seiner Wirkung in meinem Körper entfaltet. Als ich vor der Türe des Colonels stehe und die Klingel drücke, ist meine Angst zwar immer noch da, schnürt mir aber wenigstens nicht mehr die Luft ab. Der Colonel öffnet und ich trete ein.

Kapitel V

Verdienter Lohn

Azraelle

Ich schrecke aus dem Schlaf hoch. Die Sonne scheint in mein Zimmer und lässt die rosafarbene Tapete mit dem Herzchenmuster erstrahlen. Es ist sicher schon acht Uhr morgens. Das bedeutet, ich habe mindestens drei Stunden verschlafen! Doch warum hat Whitney mich nicht geweckt? Ich schlüpfe aus dem Bett und eile ins Bad, um mich zu waschen. Mein Spiegelbild sieht trotz des ungewöhnlich langen Schlafs noch immer müde aus.

Als ich zurückkehre, sitzt die Lady im pinkfarbenen Sessel, den ich nicht benutzen darf, neben meinem Bett. *Meine Güte!* War sie etwa vorhin schon da und ich habe sie nicht bemerkt? Ich eile zu ihr, werfe mich nackt vor ihr auf die Knie und senke demütig mein Haupt in der Erwartung meiner Strafe. Wie hatte ich meine Herrin bloß übersehen können? Jemanden wie sie übersieht man nicht einfach. Schon allein ihrer Körpergröße wegen, sie misst immerhin mindestens einen Meter achtzig. Ihre gewellten, langen Haare sind rot wie das Feuer und selbst in absoluter Dunkelheit nehme ich meine Herrin normalerweise sofort wahr. Nicht nur, weil sie von einem so unfassbar anziehenden Duft umgeben ist, sondern, weil ich einfach ihre Präsenz fühle, ihre Macht über mich.

Lange Zeit geschieht gar nichts. Doch dann sagt die Lady etwas, das ich nie von ihr erwartet hätte. »Es scheint, als hättest du nun den Grad an Perfektion erreicht, der von dir erwartet wird, Azraelle. Das freut mich.«

Ich breche in Tränen aus. Meine Herrin hat mich gelobt! Die Lady greift in mein langes Haar und zieht mich bestimmt, aber ungewohnt sanft zu sich. Sie legt meinen Kopf in ihren Schoß und streichelt mich wie ein Kätzchen. Das hat sie noch nie getan. Zum allerersten Mal in meinem Leben berührt mich meine Herrin, ohne mir wehzutun.

Ich habe es geschafft! Ich habe es wirklich geschafft! Die Lady liebt mich!

Tiefe Schluchzer schütteln meinen ganzen Körper. Doch die Lady tadelt mich nicht. Nein, sie streichelt mir einfach weiter zärtlich über meinen Kopf. Soll ich ihr jetzt vielleicht die Geschichte mit der Kirche erzählen? Aber dann hört sie womöglich auf … Nein, ich behalte es für mich. Ich muss es ihr erzählen, aber erst später.

Bald verliere ich jegliches Zeitgefühl. Ich kann nicht sagen, ob Minuten vergehen oder Stunden, bis meine Herrin mir mit einem sanften Druck gegen meinen Kiefer zu verstehen gibt, dass sie sich aus dem Sessel erheben möchte. Als ich zurückweiche, um ihr Platz zu machen, fühle ich Einsamkeit und Kälte. Ich kann den Gedanken nicht ertragen, sie aus meinem Zimmer gehen zu sehen, und küsse ihre Füße. Zu meiner Überraschung greift sie wieder in mein Haar und führt mich – noch auf allen vieren – zu meinem Bett. Sie setzt sich auf die Bettkante und tätschelt neben sich auf die Matratze. Ich rolle mich neben ihr zusammen, lege meinen Kopf in ihren Schoß und schließe die Augen. Wieder spüre ich die sanfte Kraft ihrer Hand auf meinem Gesicht und die wohlige Wärme von vorhin kehrt in meinen Körper zurück. Ich lächle glücklich zu ihr auf. Die Hand meiner Herrin streicht über meinen Hals hinunter zwischen meine Brüste. Mein Herz schlägt augenblicklich schneller, als ihre warmen, weichen Fingerspitzen meine Brustwarze berühren. Ich fühle ein Kribbeln im ganzen Körper, ganz besonders aber in meinem Unterleib. Mir wird gleichzeitig heiß und kalt. *Nein! Nein, ich darf das nicht!* Dieses Gefühl ist mir nicht erlaubt! Doch ich kann nichts dagegen tun. Ängstlich schlage ich die Augen auf und will zurückweichen. Doch ich kann es nicht. Nicht jetzt, nicht vor der Lady, nicht in diesem Moment der Zuneigung.

»Es ist gut, Azraelle. Alles ist gut, mein braves Kind. Du hast dir deine Belohnung verdient.«

Ich schließe die Augen wieder und lasse mich fallen. Sanft streicht die Hand der Lady über meinen Körper. Von den Brüsten gleitet sie hinunter zwischen meine Schenkel. Ich atme hektisch ein. Ich darf mich dort nicht berühren! Aber meine Herrin darf es doch wohl? *Oh … ja … bitte, Herrin, macht weiter …*

Die Lady erfüllt meine unausgesprochene Bitte, als ich bereitwillig meine Schenkel für sie öffne. Ein Blitz zuckt in dem Moment durch meinen Körper, in dem ich ihre Finger zwischen meinen Schamlippen fühle. Diesen Punkt zu berühren, ist mir bei Höchststrafe verboten. Nie, wirklich nie habe ich das bisher getan und nun weiß ich, weshalb. Es ist meiner Herrin vorbehalten, mir diese wundervolle Belohnung zu gewähren. Die Lady bewegt erst langsam, dann schneller ihre Finger zwischen meinen Labien auf und ab. Ich keuche, immer schneller und immer lauter, kann meine Schenkel nicht mehr ruhig halten, öffne und schliesse sie immer wieder. Ich habe nur noch den Wunsch, meine Herrin alles mit mir machen zu lassen, was sie will. In diesem Augenblick wird mein ganzer Körper von einem Beben erfasst, wie ich es noch nie zuvor erlebt habe. Wie aus der Ferne höre ich ein Mädchen stöhnen und japsen und es dauert, bis ich begreife, dass es meine eigene Stimme ist, die ich höre. Ich fühle, wie mein Körper ebenso bebt wie meine Seele und sinke hinab in eine tiefe Glückseligkeit. Als ich meine Augen wieder öffne, sehe ich durch einen Tränenschleier das Lächeln auf dem Gesicht meiner Herrin. Das ist der schönste Morgen meines gesamten Lebens.

Ich bin danach so entspannt, dass ich nochmal einschlafe, obwohl ich das um diese Zeit sonst nie tue. Das nächste Mal, als ich aufwache, ist die Lady verschwunden. Auf dem Sessel neben meinem Bett liegt ein seidener, schwarzer Morgenmantel. Ich hüpfe rasch aus dem Bett und streife ihn über. Zu meiner großen Überraschung ist meine Zimmertür nicht abgeschlossen. Aus dem unteren Stockwerk dringen die Klänge des großen Steinway-Flügels zu mir nach oben. Seine Lordschaft spielt zwar sehr gerne darauf, ist aber leider nicht besonders musikalisch, weshalb ich ziemlich überrascht bin von der Virtuosität dieser Musik. Es klingt – soweit ich das erkennen kann – nach einem Klavierkonzert von Tschaikowsky.

Ich bin es nicht gewohnt, mich frei in Saint George Manor zu bewegen. Wenn ich mein Zimmer verlassen soll, werde ich normalerweise von Whitney abgeholt und an die Leine genommen. Ich weiß nicht, was ich tun soll. Hat die

Lady einfach vergessen, mich wieder einzusperren? Will sie mich auffordern, nach unten zu kommen, sobald ich wach bin?

Der heutige Tag scheint ein besonderer zu sein. Darum fasse ich mir ein Herz, öffne die Tür und gehe hinaus auf den Flur. Ich trete an das Geländer und blicke hinab in den großen Eingangsbereich des alten Herrenhauses. Es brennt kein Feuer im Kamin, weshalb es ungewöhnlich kühl ist. Normalerweise sorgt Whitney dafür, dass dieser Raum spätestens um neun Uhr morgens eine wohlige Wärme ausstrahlt.

Vorsichtig schleiche ich mich die Treppe hinunter, dann werfe ich einen kurzen Blick durch die lediglich angelehnte Küchentür. Whitney ist nicht da. Seltsam.

Ich folge den Klängen von Tschaikowsky hinüber zur Bibliothek. Wer mag das sein, der dieses Instrument derart meisterhaft beherrscht?

Mein Herz klopft beim Öffnen der Tür. Und da sehe ich sie: Es ist meine Herrin, die am Piano sitzt! Ich wusste nicht, dass sie Klavier spielen kann – und dazu noch so unfassbar gut. Auf Zehenspitzen schleiche ich zu ihr hin und knie mich neben sie auf den Boden. Sie spielt mit geschlossenen Augen und ist derart in ihre Musik versunken, dass sie mich nicht einmal bemerkt. Ich seufze leise, als der Schlussakkord verklingt, und sie sieht zu mir herunter.

»Oh, da bist du ja endlich, mein Kind. Hast du gut geschlafen?«

Ich nicke und wische mir eine Träne aus dem Augenwinkel.

»Ich habe lange nicht mehr gespielt. Ich habe es nicht mehr getan, weil Martin es nicht mag, wenn ich spiele. Er ist so eifersüchtig, weißt du? Er ist nicht sehr musikalisch, wäre es aber gerne. Darum spiele ich nur, wenn er nicht da ist.

»Seine Lordschaft ist abwesend?«

»Ja, Azraelle. Wir beide sind heute allein. Möchtest du mitspielen?«

Ich nicke begeistert. Bis jetzt hat sich meine Herrin immer nur dann für mich interessiert, wenn es um meine Bestrafung ging. Ich rücke einen Stuhl neben den Flügel, hole mein Cello und stimme kurz die Saiten durch. Dann blicke ich die Herrin fragend an.

»Fang' an, Azraelle.« Sie sagt mir nicht, was ich spielen soll und wartet ab. Ich entscheide mich für Luigi Boccerinis Cellokonzert Nummer 9. Die Lady benötigt nicht einmal einen ganzen Takt, bis sie einsetzt und mich durch das gesamte Werk begleitet.

»Das sollten wir von nun an öfter tun, mein Kind«, sagt die Lady nach dem Schlussakkord.

Ich nicke und habe schon wieder Tränen in den Augen. Es fühlt sich einfach gerade alles so schön an. Es ist, als würde das Rad der Zeit zurückgedreht und ich hätte nun plötzlich wieder eine Mutter. Ich lege vorsichtig mein Cello zur Seite, gehe zur Lady hinüber, knie mich vor sie hin und küsse ihre Hand. »Danke, Herrin«, flüstere ich völlig ergriffen.

Die Lady streichelt mir über den Kopf und erwidert: »Das muss aber unter uns bleiben, kleine Azraelle. Das hier und ganz besonders das heute Morgen. Weder Whitney noch dein Herr dürfen je davon erfahren, in welchem Verhältnis wir beide von heute an zueinander stehen. Denn nicht alles, was du täglich erlebst, ist auch wirklich so, wie es scheint.«

Warum sollen wir Geheimnisse vor meinem Herrn haben? Gleichzeitig bin ich aber auch stolz darauf. Ich habe ein Geheimnis, das mich mit meiner Herrin verbindet und – was noch viel wichtiger ist – sie mit mir.

»Ja, meine geliebte Herrin«, flüstere ich und nicke.

Kapitel VI

Der Tag danach

Florence

Ich komme am nächsten Morgen in meinem Bett wieder zu mir und wanke ins Bad. Über der vergangenen Nacht liegt ein dichter Nebelschleier. *Danke, Oxycodon … * Mein ganzer Körper schmerzt. Düster erinnere ich mich an die Ohrfeige, mit der mich der Colonel begrüßt hat, an den harten Griff in meinen Nacken und wie er mich danach noch im Hauseingang zu Boden zwang. Er war früher mal Nahkampfausbilder in der britischen Armee und er liebt es auch im fortgeschrittenen Alter immer noch, sein Können zu demonstrieren. Weil er aber keine anderweitige Gelegenheit dazu hat, nutzt er seine beeindruckenden Fähigkeiten nun dazu, die Escort-Mädchen gefügig zu machen, und dies vollkommen unabhängig davon, ob diese brav oder aufmüpfig sind. Ich für meinen Teil habe mich von Anfang an kein bisschen gewehrt, muss aber auch gestehen, dass ich trotz meiner Ausbildung ohnehin nicht den Hauch einer Chance gegen ihn gehabt hätte.

Es hat auch nichts genützt, mich von Beginn an willig und unterwürfig zu geben. Er hat mich trotzdem behandelt, als wäre ich eine widerspenstige Demonstrantin. Das

Oxycodon machte die Schmerzen erträglicher, als es sollte, und so hätte er mir beinahe meine Schulter ausgerenkt, bevor ich endlich auf die Idee kam, zu schreien. Nachdem er mich also doch noch wie gewünscht zum Jammern und Heulen gebracht hatte, riss er mir das Kleid vom Leib, zerfetzte meinen Slip, zerrte mich ins Wohnzimmer, drückte mich mit meinem Oberkörper auf den Esstisch, bis ich fast keine Luft mehr bekam, und fickte mich dann eine halbe Ewigkeit mit aller Härte durch. Als er fertig war, warf er mir für diesen Auftritt, der dem Tatbestand einer Vergewaltigung bedenklich nahekam, magere 200 Pfund hin und schrie mich an, ich solle mich sofort verpissen. Ich griff rasch nach Kleid und Schuhen und stolperte hinaus in die Nacht. Splitternackt. Als die Tür hinter mir ins Schloss fiel, wachte ich aus diesem Albtraum auf, zog mich hastig an, schluckte zwei weitere Tabletten, steckte mir eine Zigarette in den Mund und setzte mich heulend auf die Eingangstreppe. Wie ich danach nach Hause kam, weiß ich nicht mehr.

Ich sehe aus wie ein Junkie auf Entzug, und mir wird sofort kotzübel. Nach dem Erbrechen dusche ich kurz, ziehe mich an und mache mich auf den Weg zur Arbeit. Der Boden unter meinen Füßen fühlt sich an wie Gummi.

In der Bäckerei um die Ecke kaufe ich mir einen Kaffee und ein süßes Brötchen, kriege aber keinen einzigen Bissen runter. Hätte ich eigentlich wissen müssen. Das geschieht immer, wenn ich auf Oxycodon bin, und das bin ich öfter, als mir lieb ist.

Kaum bin ich auf dem Revier, klingelt mein Mobiltelefon. Es ist Sibyl. Obwohl ich gerade unterwegs zum Kaffeeautomaten bin und sonst immer darauf achte, Sibyls Anrufe hier nur ohne Mithörer entgegenzunehmen, gehe ich ran.

»Hi Florence. Hier ist Sibyl. Du kannst heute Abend deinen Besuch bei Baroness Mary nachholen. Sie erwartet dich um halb sieben.«

Mir wird gerade schummrig. Zwar wird dieser Abend mit dem gestrigen gewiss nicht vergleichbar sein, aber dennoch bin ich nicht sicher, ob ich heute schon wieder bereit bin. Ich kann förmlich fühlen, wie Sibyl sich über das Schweigen am anderen Ende der Leitung wundert.

»Dir auch einen wunderbaren guten Morgen, Sibyl. Ja, ich bin noch am Leben und darüber hinaus sogar noch weitgehend unverletzt. Vielen Dank für die Nachfrage.« Ich fühle, wie mir die Tränen in die Augen steigen. Sibyls Desinteresse ist Zynismus der schmerzlichsten Art. Die Agentin schweigt einen Moment und entschuldigt sich daraufhin lapidar: »Tut mir leid, Florence. Du hast recht, das war sehr unsensibel von mir. Aber ich bin froh, zu hören, dass es dir gut geht.«

Ich kann mich nicht mehr länger zusammenreißen. Die Tränen laufen in Strömen über meine Wangen, als ich meine Kaffeetasse klappernd unter den Automaten stelle.

»Von Gutgehen kann wirklich keine Rede sein, Sibyl! Nach so einer Nacht! Aber ja, sag der Baroness, ich werde da sein.« Meine Stimme bebt vor Wut, Enttäuschung und Schmerz. Ich lege auf, greife mit zittriger Hand nach der Tasse, drehe mich um und blicke geradewegs in die großen, unschuldigen Augen von Emily Michaelis.

»Was ist denn mit dir, Florence?« Sie klingt ehrlich besorgt und das rührt mich gleich noch mehr zu Tränen.

Vom Flur sind Stimmen zu hören. Rasch drängt mich

Emily auf der anderen Seite aus dem Pausenraum und zieht mich am Arm den Flur entlang zu Briggs' Büro. Bevor ich es verhindern kann, hat sie schon die Klinke gedrückt und die Tür geöffnet. Mein Herz setzt kurz aus, doch Briggs ist nicht da. Meine Güte, wenn der mich so gesehen hätte …

»Briggs kommt heut nicht«, sagt Emily leise, während sie die Tür hinter uns schließt. »Hat sich bei Taylor krankgemeldet. Sie vertritt ihn heute. Du bist hier also sicher.« Sie dreht sich zu mir um und umarmt mich ohne ein weiteres Wort. Ich drücke Emily so fest ich kann an mich und weine. Ich weiß nicht, wie lange wir so dastehen, aber als ich mich endlich von ihr löse, ist die Schulterpartie ihrer weißen Bluse so nass, dass der BH-Träger durchschimmert. »Entschuldige«, flüstere ich mit belegter Stimme und greife dankbar nach dem Taschentuch, das sie mir reicht.

»Willst du mir nicht erzählen, was los ist?« Emilys Stimme klingt so sanft und liebevoll in meinen Ohren, dass ich das tatsächlich um ein Haar tue. Doch ich kann der Versuchung gerade noch widerstehen, ihr die ganze Schwärze meiner Seele zu offenbaren. Was würde dieses süße, unschuldige Mädchen wohl von mir denken, wenn ich ihr von meinem Doppelleben erzähle? Bestimmt schüttle ich den Kopf. »Das kann ich nicht. Glaub' mir, Emily, ich täte nichts lieber als das. Aber ich kann es nicht.« Dann stehen wir uns einige Augenblicke betreten gegenüber, bis ich hastig Emilys Hände ergreife, ihr in die Augen sehe und sie frage: »Emily, ich möchte gerne mit dir ausgehen. Also … ich meine so richtig. Nicht nur einfach so, wie zwei Kolleginnen nach der Arbeit im Pub etwas trinken gehen. Nein … ich … du … ich möchte so was … nein … ach, Scheiße, ich mache alles falsch! Ich möchte ein Date mit dir, Emily!

Ja, ein richtiges Date. Ich glaube nämlich, ich habe mich schon lange in dich verliebt. Und … aber … ich weiß, du stehst wahrscheinlich nicht auf Frauen und darum kannst du auch gleich wieder vergessen, was ich gesagt habe. Sag' es aber bitte niemandem weiter, schon gar nicht Briggs. Er würde …«

Zärtlich hält mir Emily ihren Zeigefinger an die Lippen. Ihre warmen, zarten Hände riechen nach Lavendelseife. Ich verstumme augenblicklich. Emily zieht langsam ihre Hand zurück und küsst mich auf den Mund. »Morgen Abend?«, fragt sie sanft.

Mein Herz macht einen Hüpfer. Ich nicke, bringe aber vor lauter Glück keinen Ton heraus.

Emily lächelt mich an, flüstert dann aber schüchtern: »Ich muss jetzt leider los. Taylor wartet sicher schon auf mich.«

»Dann sehen wir uns morgen? Ganz sicher?«

»Ganz sicher!« Emily küsst mich noch einmal, winkt mir in der Tür zu und geht.

Ich bewege mich wie auf Watte. Eben noch umhüllt von einem Nebel aus Oxycodonresten und Depression, küsst mich nun der Sonnenstrahl des Dopamins. Ich lasse mich in meinen Bürostuhl fallen und möchte auf einmal am liebsten die ganze bis vor Kurzem noch beschissene Welt umarmen.

Ich wälze den ganzen Tag nur einsam Akten über Briggs' ungelöste Fälle und suche darin nach Gemeinsamkeiten. Allerdings werde ich nicht wirklich fündig. Kein Wunder, so unkonzentriert wie ich bin. Gegen Nachmittag kehrt langsam der Hunger zurück. Nachdem ich mir mein Brötchen vom Morgen vorsichtig und in kleinen Bissen einverleibt habe, verziehen sich nach und nach auch noch die letzten Nebelschwaden des Opioids aus meinem Kopf. Normalerweise würde mich jetzt eine depressive Verstimmung heimsuchen, doch heute ist alles anders. Die vergangene Nacht ist wie ausradiert und mir geht es blendend. Ich kann es kaum erwarten, aus dem Revier rauszukommen. Ich nahm an, Charleen Taylor würde irgendwann mal nach mir sehen, tat sie aber nicht. Heute ist mir das allerdings gerade recht, denn der Mordfall interessiert mich momentan überhaupt nicht mehr.

Um fünf Uhr gehe ich nach Hause, wo ich mich für die Baroness zurechtmache. Nun freue ich mich richtig darauf – hauptsächlich wegen des Geldes, das ich für meine Dienste erhalten werde, und mit welchem ich den morgigen Abend finanzieren will. Ich habe alles gegeben: Am Nachmittag habe ich vom Revier aus einen Tisch im »Aqua Shard« reserviert. 31. Stock, beste Aussicht, opulente Karte. Ich kann es mir eigentlich nicht leisten und allein, als ich mir später nochmals die Preise ansehe, werden meine Knie wieder weich. Aber für mein Date mit Emily ist nur das Beste gut genug. Emilys Familie ist reich. Sie zu beeindrucken, ist also alles andere als einfach. Vielleicht müsste ich das auch gar nicht. Vielleicht wäre sie auch schon glücklich damit, wenn ich mit ihr ganz bescheiden ins gemütliche Pub bei mir um die Ecke ginge, wo es die meiner Meinung nach besten Fish and Chips gibt, und dazu auch mein Lieblingsbier. Aber *ich* will es so. Und darum soll mein erstes Date mit Emily auch für *uns beide* atemberaubend sein.

Ich mache mich auf den Weg. Keine Zigaretten, keine Tabletten, kein Alkohol heute, und nach meinem Auftrag an diesem Abend geht es sofort ab ins Bett.

Die Vorbereitungen auf einen Besuch bei der Baroness sind vergleichsweise simpel: Frisch geduscht und enthaart muss ich sein. Ansonsten könnte ich wohl sogar in Jeans und T-Shirt auftauchen. Ich muss mich sowieso gleich ausziehen und wenn die Baroness mich malen will, macht sie mich dafür zurecht. Allein das kann manchmal Stunden dauern. Dafür reicht aber heute die Zeit wohl nicht aus. Außerdem ist die Baroness schwer krank. Ich kann mir kaum vorstellen, dass sie noch die Kraft zum Malen hat.

Mit U-Bahn und Taxi fahre ich zu ihrer Residenz. Am Tor der alten Jugendstilvilla angekommen ziehe ich an der Klingel. Die Stimme der Haushälterin ertönt aus dem Lautsprecher. Ich sage meinen Namen und das Tor öffnet sich. Dahinter erstreckt sich ein beeindruckender Park. Ich folge dem Steinweg unter den hohen alten Bäumen hindurch bis zum Eingang der Villa. An der Tür empfängt mich die Haushälterin der Baroness bereits. »Guten Abend, Florence. Bitte folgen Sie mir.«

Wie jedes Mal, wenn ich hier bin, weiche ich ihrem Blick aus. Ich habe ihr nur das allererste Mal in die Augen gesehen und fühlte mich sofort elend. Unterlegen, herabgewürdigt, gebrandmarkt. Trotzdem mustert sie mich wieder mit dieser Mischung aus Faszination und Abscheu, bevor sie sich umdreht. Wortlos folge ich ihr die große Treppe hinauf. Am Ende des Flurs klopft die Haushälterin an und öffnet die Tür.

»Miss Florence, Mylady. Soll sie hereinkommen?«

»Ja, ich lasse bitten.« Die Stimme der Baroness klingt schwach, aber ich höre die Freude darüber heraus, dass ich sie besuche. Die Haushälterin tritt zur Seite, um mir Platz zu machen, und ich trete ein.

Die Baroness liegt in einer Art Spitalbett im Zentrum des großen Raumes. Früher hat sie mich immer mit einer Umarmung begrüßt, heute winkt sie mich bloß zu sich und gibt mir einen Kuss auf die Wange. »Es ist so schön, dass du da bist, Florence.« Ihre Stimme klingt heiser und brüchig.

Nicht nur die Begrüßung ist anders als üblich, denn wir sind heute nicht allein. Neben ihrem Bett steht eine junge Frau, deren Schönheit ich kaum mit Worten zu beschreiben vermag. Ihre Haut ist hell, ihre Rehaugen sind groß, tiefgründig und dunkel. Langes, schwarzes, gewelltes Haar fällt über ihre Schulten und sie trägt ein wunderbares, enges, schwarzes Seidenkleid. Sie strahlt kein bisschen Überheblichkeit aus, nicht die Spur von Dominanz, und doch überkommt mich eine Art Drang, dieses Wesen anzubeten. Sie kommt auf mich zu und nimmt mich an der Hand. Ohne ein Wort zu sagen, führt sie mich zum Sofa neben dem Bett der Baroness, die interessiert dabei zuschaut, wie die junge Frau mich, ohne zu zögern, auszieht. Ich bin nicht in der Lage, darüber nachzudenken, und lasse es einfach geschehen. Als ich schließlich nackt vor ihr stehe, packt die junge Frau meine Sachen zusammen und bringt sie aus dem Zimmer.

»Ich habe mir für heute Abend etwas ganz Besonderes gewünscht, Florence. Das Mädchen heißt übrigens Azraelle und ich möchte, dass du sie mit dir spielen lässt.«

»Liebend gern«, hauche ich. Azraelle kehrt zurück und ich falle vor ihr auf die Knie, ohne genau zu wissen, weshalb.

Ich blicke zu Azraelle auf. *Sie ist so unglaublich schön.* Als sie sich zu mir herunterbückt und mich küsst, schließe ich die Augen. Nur ungern löse ich meine Lippen wieder von ihren, lasse mich dann aber bereitwillig von ihr zum Sofa führen. Sie dreht mir ihren Rücken zu und sieht mich über ihre Schulter an. Ich verstehe. Mit zittrigen Fingern greife ich nach dem Reißverschluss ihres Kleids und öffne ihn. Danach mache ich es mir auf den seidenen Kissen des Sofas bequem. Mit zunehmendem Herzklopfen beobachte ich, wie Azraelle ihr Kleid über ihren makellosen Körper zu Boden streift. Sie kommt auf mich zu. Nackt. Meine Erregung und Vorfreude steigern sich ins Unermessliche. Ich mache ihr Platz auf dem Sofa, sie setzt sich zu mir und meine kalten Finger greifen sofort nach ihren Hüften. Sie zuckt kurz zusammen.

»Entschuldigung. Meine Hände sind immer so kalt, wenn ich …« Azraelle hält mir ihren Zeigefinger an die Lippen. Fast so wie Emily heute Morgen. Emily … Meine Güte! Was mache ich hier? Doch Azraelle beugt sich zu mir herunter und küsst mich. Von diesem Moment an ist es um mich geschehen. Ich will diese Frau, und ich will sie unbedingt! Ich grabe meine Finger in ihr dunkles Haar, während sie mich zwischen den Beinen küsst. Ihre Hände greifen unter meinen Po und ich fühle, wie sich ihre Fingernägel in meine Haut drängen. Dann kniet sie sich aufrecht zwischen meine Schenkel und streichelt sanft meinen Bauch, bevor sie sich vorbeugt. Doch statt mich zu küssen, beißt sie mir neckisch in die Unterlippe und lässt gleichzeitig ihre Finger in meinem Schoß verschwinden. Ich lege meinen Kopf in den Nacken und drücke meinen Rücken durch. Ich lasse Azraelle alles mit mir machen, was sie will.

Als ich schwer atmend aus einer Art Trance erwache, halte ich meine Augen geschlossen und fühle, wie Azraelle mir die Hände auf den Rücken fesselt. Danach macht sie sich an meinen Füßen zu schaffen. Ich lasse sie gewähren, obwohl ich mich eigentlich revanchieren möchte. Azraelle küsst mich innig. Als sich ihre Lippen von meinen gelöst haben, blinzle ich und sehe erstaunt, wie sie aufsteht, an das Bett der Baroness tritt, und ihr ein Kissen auf das Gesicht drückt.

»Nein!« Es ist bloß ein Flüstern, das aus meiner Kehle kommt. Die Baroness leistet kaum Widerstand. Ein paar Mal noch höre ich sie wimmern, danach ist es still.

Dann kehrt Azraelle zu mir zurück. »Es tut mir leid, Florence.« Ich erwarte, dass sie gleich die Hände um meinen Hals legen und mich erwürgen wird. *Warum ausgerechnet jetzt? Warum nicht wenigstens erst nach dem Date mit Emily?* Doch stattdessen küsst sie mich auf die Stirn, greift in meine Handtasche und zieht mein Mobiltelefon heraus. Azraelle fragt mich, wen sie anrufen soll.

»Mach' mich bitte los«, flehe ich sie an. Azraelle macht jedoch keine Anstalten, sondern sieht mich nur fragend an.

»Emily Michaelis«, flüstere ich verzweifelt. Azraelle nickt, doch noch während sie meine Kontakte durchsucht, überlege ich es mir anders. Wenn Emily mich so findet, muss ich ihr erklären, wie es dazu gekommen ist. Und dann ist alles aus. »Nein, nicht Emily. Ruf' bitte Calderon Briggs an.« Azraelle blickt mir kurz in die Augen und wählt dann einen Kontakt. Sie schaltet auf Lautsprecher und legt das Mobiltelefon vor mir auf den Fußboden. Dann dreht sie sich ohne ein weiteres Wort um, greift nach ihrem Kleid und geht.

»Briggs«, höre ich die mürrische Stimme des Chief Inspectors aus meinem Mobiltelefon.

»Briggs, hier ist Florence. Sie müssen unbedingt herkommen«, jammere ich.

»Ich muss gar nichts.«

»Bitte! Glauben Sie mir, das wollen Sie wissen. Ich kenne Ihre Mörderin.«

Es bleibt einen Augenblick still. »Wo sind Sie, Cumminghen?«

Ich stammle die Adresse der Baroness ins Telefon und Briggs legt auf.

Als er eine Dreiviertelstunde später durch die Tür tritt, wird mir erst bewusst, dass nun alles herauskommen wird. Und auch Emily wird es erfahren. *Soll ich Briggs anflehen, ihr nichts zu sagen? Soll ich mich ihm anbieten?*

Ich liege nackt vor Briggs auf dem Sofa, kann ihn jedoch nicht ansehen. Ich blicke links an ihm vorbei in eine Ecke, um mir meine Verzweiflung nicht anmerken zu lassen. Er lässt sich Zeit, bis er sich endlich anschickt, mich zu befreien. Statt aufzustehen und meine Kleider zu suchen, setze ich mich nur auf. Briggs sieht mit einem triumphierenden Blick auf mich herab, bis ich ihn missmutig frage: »Was verlangen Sie von mir, damit Sie den Mund halten?«

Keine Antwort. Erst jetzt sehe ich neben dem Sofa die Tasche mit meinen Kleidern, die Briggs offenbar vor der Tür gefunden und mitgebracht hat. Er setzt sich auf den Sessel gegenüber und sieht mir interessiert beim Anziehen zu, verlangt aber nichts weiter von mir.

Er wartet, bis mein Anblick an Reiz verliert, dann fragt er ohne jegliche Empathie: »Und, wer ist sie?« *Ihn interessiert es nicht, wie ich mich fühle.*

»Sie nannte sich Azraelle.«

Ich glaube, ein kurzes Zucken in Briggs Gesicht zu erkennen, bin mir aber nicht sicher.

»Aber ob das ihr richtiger Name ist, weiß ich natürlich nicht. Ich nehme an, sie ist auch ein Escort-Mädchen wie …« *Scheiße! Was erzähle ich da?*

»Wie Sie, Cumminghen. Ich habe schon verstanden, weshalb Sie hier sind. Was wissen Sie sonst noch über sie?«

Ich schlucke leer. »Nicht viel, eigentlich. Außer, dass ich sie sofort wiedererkennen würde, sobald sie mir begegnet. Sie ist atemberaubend …«

»Das kann ich mir gut vorstellen.« Briggs wirft mir einen hochmütigen Blick zu und erhebt sich. »Was haben Sie hier alles berührt?«

»Heute eigentlich nur das Sofa. Ich war aber zuvor schon öfter hier«, erwidere ich. Briggs greift in seine Jackentasche und zieht zwei Baumwolltücher hervor. Eins reicht er mir und mit dem anderen reibt er nach und nach alle glatten Flächen in der Nähe ab. »Na los, helfen Sie schon mit!«, befiehlt er mir, nachdem ich ihm einige Augenblicke stumm zugesehen habe.

Nachdem wir damit fertig sind, fällt sein Blick auf die Bilder an der Wand. Zwei davon sind Akte von mir. Briggs geht auf sie zu und studiert sie eingehend. »Sie sind darauf ziemlich gut getroffen, Cumminghen, soweit ich das beurteilen kann.«

Ich trete neben ihn und erwidere: »Ja, die Baroness war eine gute Malerin.«

»Sehr freundlich von ihr, auf die realistische Darstellung ihres Gesichts zu verzichten.«

Ich will mich schon empören, da ergänzt er: »Bloß wegen der Narbe, meine ich. Die würde sie verraten. Ich sage nicht, dass Sie hässlich sind, Florence. Im Gegenteil.«

Dieses unterschwellige Kompliment macht mir bewusst, wie heikel die Existenz dieser Bilder für mich werden kann. »Meinen Sie, ich sollte die Bilder mitnehmen?«

Briggs schüttelt den Kopf. »Nein, wie Sie wissen, interessiert sich die Mordkommission normalerweise weniger für Kunst. Die Dinger mitzunehmen, wäre auffälliger, als sie hierzulassen. Mir wird es ein persönliches Vergnügen sein, sie bei der Untersuchung des Tatorts nochmals eingehend zu bewundern, Cumminghen.«

»Ich glaube, wir sollten jetzt gehen, Sir«, erwidere ich peinlich berührt.

Kapitel VII

Die neue Herrin

Azraelle

»Nein, niemals! Das kann ich doch nicht tun! Nicht ihn! Warum sollte ich einen derart schrecklichen Auftrag für Euch ausführen, Herrin?« Ich soll meinen eigenen Herrn ermorden? Jenen Menschen, dem ich alles zu verdanken habe. Der Mann, der mich unter Einsatz seines Lebens aus den Flammen rettete, die mir meine Familie nahmen. Er, der mir alles beibrachte, was ich brauche, um ein wertvolles Werkzeug des Ordens zu sein.

»Weil ich dich dafür belohnen werde, Azraelle. So, wie ich es nach deinem letzten Auftrag getan habe. So und sogar noch schöner. Du weißt, was ich dir geben kann. Du weißt, dass nur ich es dir geben kann. Du träumst ganze Nächte lang davon, nicht wahr, meine Kleine?«

Sie hat recht. Mein Herz schlägt auf einmal sehr viel schneller. Ja, meine Herrin hat mit meinem Körper Dinge getan, die ich nicht für möglich gehalten hätte, und sie ist die Einzige, die das tun darf. Ich will ihre Zuneigung nicht verlieren, auf gar keinen Fall. Nicht jetzt, wo ich endlich von ihr geliebt werde. Die Aussicht auf die Zuwendung meiner Herrin gegen den Mord an meinem Herrn aufzuwiegen, fällt mir schwer. »Er … hat mich doch gerettet? Ihm verdanke ich doch alles, Herrin. Da kann ich doch unmöglich …«

»Ha! Ihm? Denkst du allen Ernstes, ein Hasenfuß wie er wäre es gewesen, der dich den Furien der Hölle entrissen hat? Mitnichten, meine Liebe! Nein, dafür ist er doch viel zu feige. Gewiss, ja, er hat dich über die Schwelle eures brennenden Hauses getragen. In die Flammen hineingestürzt hat sich aber ein anderer. Und wäre der nicht im Hausflur zusammengebrochen und erstickt, würdest du nun ganz bestimmt *ihn* anhimmeln.«

»Ein anderer? Wer war er?«, stammle ich entsetzt. *Sollte das wirklich wahr sein?*

»Ich weiß nicht, wie er hieß, Azraelle. Wir kennen die Namen unserer Ordensbrüder und -schwestern nicht. Wobei … Vielleicht könnte ich ja etwas über ihn herausfinden … und vielleicht auch über deine Familie, wenn du brav bist und tust, was ich dir sage. Ich könnte mir gut vorstellen, dass dein sogenannter Herr dir einiges verheimlicht hat. Und denk einmal darüber nach, was er dir alles angetan hat. Die vielen Nächte unten im Keller. Die fiesen Spiele mit dem Krug. All die Erniedrigungen, die Schmerzen, die er dir zugefügt hat. Und dann die Wünsche, die du ihm im Bett erfüllen musstest. Natürlich ging es ihm darum, dich zu erziehen, aber war es wirklich nötig, so unglaublich streng zu dir zu sein? Hättest du nicht auch hin und wieder eine Belohnung verdient, so wie du sie von mir erhältst? Wenn du mich fragst, ich habe schon lange das Gefühl, in diesem Haus und mit dem Orden stimmt etwas nicht, und ich glaube, es ist an der Zeit, das wieder in Ordnung zu bringen … Also, Azraelle. Hast du nun begriffen, dass du es tun musst, und es richtig ist, wie es dir deine Herrin befiehlt?«

Ich zögere noch immer. Aber ich erinnere mich an Träume, die ich früher immer wieder gehabt hatte. Träume, in denen ich die Nacht erneut durchlebte, in der die Hölle auf Erden kam und mir alles bis auf meine Spieluhr wegnahm. Und ich erinnere mich noch an etwas anderes. Die Lady hat nicht von meinen *Eltern* gesprochen, sondern von meiner *Familie*. In vagen Erinnerungsfetzen sehe ich ein blondes Mädchen. Habe ich etwa eine Schwester? Lebt sie noch? Falls ja, will ich sie unbedingt finden! Aber die Einzige, die mir dabei helfen kann, ist die Lady.

Ich bin hin- und hergerissen. Offenbar ist der Lord kein so guter Mensch, wie ich dachte. Er hintergeht mich. Ich atme stockend und nicke. Dann kommt ein leises »Ja« aus meiner Kehle.

Die Lady nickt zufrieden und führt mich in mein Zimmer, wo ich mich schlafen lege. Morgen Abend ist es so weit, sagt sie.

Die Tür ist tatsächlich nicht abgeschlossen. Ich schleiche über den Flur und dann wie besprochen die Treppe hinunter in die Bibliothek. Die Lady ist heute Abend nicht da. Das macht meine Aufgabe nicht gerade einfacher. Ich hatte sie gebeten, mir zu helfen. Sie aber hatte erwidert, sie müsse dafür sorgen, dass Whitney mir nicht in die Quere käme, weshalb sie sie – zu ihrem großen Erstaunen – ins Theater eingeladen hat.

Zielstrebig betrete ich die Bibliothek, gehe an meinem Cello vorbei zum Safe, öffne dessen Tür, die – wie die Lady versprochen hat – nur zugeschoben, aber nicht verriegelt ist, und nehme die Beretta heraus.

»Azraelle? Was tust du da? Wer hat dich aus deinem Zimmer gelassen?«

Ich habe den Lord an seinem Schreibtisch in der Bibliothek nicht einmal wahrgenommen, als ich eingetreten bin.

»Ich führe einen Auftrag meiner Herrin aus«, erwidere ich nervös.

»Welchen Auftrag, Azraelle? Davon weiß ich nichts.«

Ich habe noch nie einen Auftrag von einem der beiden allein erhalten. Die mir übertragenen Aufgaben wurden stets vom gesamten Orden gemeinsam beschlossen. Aber ich weiß, dass es in letzter Zeit vermehrt Unstimmigkeiten gegeben hat. Einerseits im Orden, andererseits aber auch zwischen meinem Herrn und der Lady. Ich glaube, seiner Lordschaft ist die Veränderung in der Beziehung zwischen mir und der Lady nicht verborgen geblieben. War es zuvor er, der mir eher mit Milde begegnete, ist es nun sie, die mich sanfter behandelt, und diese Situation missfällt meinem Herrn.

Ich ziehe mit geübter Hand das Magazin aus der Pistole, drücke die eine Patrone hinein, die von meinem letzten Auftrag übriggeblieben ist, und die ich danach auf Befehl meiner Herrin verschluckt hatte, damit der Lord sie nicht findet. Ich spüre, dass der Lord etwas ahnt, und ich beeile mich, denn mein Herr ist bereits von seinem Schreibtisch aufgestanden und kommt mit eiligen Schritten auf mich zu. *Soll ich das wirklich tun? Hat mir die Lady wirklich die Wahrheit gesagt?* Ich zögere beinahe zu lange. Und doch lade ich die Beretta durch, drehe mich zu meinem Herrn um und dann – er steht beinahe direkt vor mir – drücke ich ab.

Der Schuss klingt viel lauter, als ich es gewohnt bin. Mein

Herr greift sich an die Brust. Unter seiner Hand bildet sich ein dunkelroter Fleck, doch der Schuss war nicht tödlich. Der Lord fällt nicht einmal um. Er kommt näher. Ich greife hinter meinen Rücken und ziehe den Dolch, den mir meine Herrin gegeben hat, aus meinem Gürtel. Der Lord steht mir nun direkt gegenüber! Ich steche zu. Mein Herr fällt zunächst auf die Knie und danach rückwärts. Ich steche nochmals zu und nochmals. Der Lord röchelt. Auf einmal merke ich, dass er sich nicht etwa gegen mich wehren, sondern mir etwas sagen will. Vorsichtig beuge ich mich vor und zwischen dem Blut, das er bereits schwallweise ausspuckt, kann ich seine letzten Worte vernehmen: »Finde … deine … Schwester, Azraelle. Mach' nicht … meinen Fehler. Vertrau' ihr nicht … Du darfst Mephista nicht glauben, ihr nicht … vertrauen …«

Mephista? Ist das etwa der Name meiner Herrin? Ich habe den Lord noch nie den Namen der Lady sagen hören.

»Wer ist Mephista?«, frage ich verzweifelt, doch der Lord röchelt nur noch. Ich weiß nicht, was ich tun soll. Meine Herrin hat mir gesagt, wie ich die Leiche am besten beseitige, aber ich habe es vergessen und ich will es auch nicht mehr wissen. Alles verschwimmt vor meinen Augen und das Einzige, was ich noch zustande bringe, ist, die Augenlider meines Herrn zu schließen. »Es tut mir leid, Herr. Es tut mir alles so leid. Bitte verzeiht mir!«, flüstere ich ihm zu, greife nach seiner Hand, führe sie zu meinen Lippen und küsse sie. Danach stehe ich auf und renne hinaus in die Dunkelheit der Nacht.

Kapitel VIII

Das Date

Florence

Ich bin viel zu nervös, um die Aussicht im »Aqua Shard« genießen zu können, während ich warte. Nicht etwa wegen dem, was gestern geschehen ist. Das verdränge ich gerade mehr oder weniger erfolgreich. Es ist so unwirklich wie ein böser Traum.

Nein, aufgeregt bin ich der gegenwärtigen Situation wegen. Normalerweise würde ich in einem solchen Moment eine rauchen, aber die Zigaretten habe ich zu Hause gelassen. Nichts darf Emily abschrecken, schon gar kein Zigarettenatem. Ich muss perfekt für sie sein. Obwohl wir uns schon kennen, habe ich nur eine Chance auf einen guten ersten Eindruck. Bis jetzt waren wir bloß Kolleginnen auf der Uni und im Revier. Nun aber will ich mehr, und ich muss alles vermeiden, was mich in ein schlechtes Licht rücken könnte. Also: nicht rauchen, nicht mal darüber nachdenken, dass ich Lust darauf hätte. Keine Medikamente, obwohl es mir nach gestern Abend nicht gerade gut geht. Kein Alkohol oder besser: nicht zu viel Alkohol, und das bisschen nur vom Besten. Falls ich es bezahlen kann, heißt das. Ich habe das schon für unser Date einkalkulierte Honorar gestern natürlich nicht bekommen, was mich nun ziemlich in Bedrängnis bringt. Trotzdem will ich mir davon den Abend nicht vermiesen lassen... Also weiter im Text: Nicht tollpatschig sein, keine Getränke verschütten, und ganz wichtig: Auf gar keinen Fall darf ich irgendetwas Falsches sagen. Ich bin *nicht* vor knapp vierundzwanzig Stunden Zeugin eines Mordes geworden und habe gemeinsam mit meinem Vorgesetzten alle Spuren beseitigt. Ich bin auch *keine* Nutte, die sich noch vor zwei Tagen von einem durchgeknallten Militaristen hat flachlegen lassen. Nein, ich bin eine selbstbewusste Kriminalbeamtin, die sowohl Job als auch Privatleben vollkommen im Griff hat!

Emily!

Ich schnelle von meinem Platz hoch, mein Oberschenkel knallt gegen die Tischkante. Die Gläser klirren, fallen aber zum Glück nicht um. *Aua!* Ich beiße die Zähne zusammen und lächle. Morgen werde ich einen schönen blauen Flecken am Oberschenkel haben. *Tollpatsch!*

Emily sieht umwerfend aus. Sie trägt ein dunkelrotes, kurzes Kleid, unaufdringlich, aber dennoch ein Blickfang. Man sieht auf den ersten Blick, dass sie an Orten wie hier ganz zu Hause ist – im Gegensatz zu mir. Alles an meinem Outfit ist mindestens eine Preisklasse zu billig. Meine Knie werden immer weicher, je näher Emily unserem Tisch kommt. Ihr Lächeln ist so rein und süß und ihre ganze Erscheinung einfach zum Niederknien.

Das trifft mich wie ein Blitzschlag. Das letzte Mal habe ich mich in der Gegenwart von Azraelle so gefühlt. Ich falle völlig aus dem Konzept, doch als Emily mich umarmt und ohne Zögern zart auf die Lippen küsst, ist augenblicklich alles wieder gut.

Trotzdem bin ich noch ganz zittrig, jetzt, wo ich Emily gegenübersitze. Ich weiß nicht, was ich sagen soll. Alles ist so fremd für mich. Wie geht es nun weiter? Im Pub hätte ich ein Ale bestellt und innert Sekunden hätte sich aus dem Verhalten anderer Gäste, einem Fussballspiel am Fernseher oder sonst wie ein Anfang ergeben. Aber hier, wo alles gesittet und ruhig ist, finde ich beim besten Willen keinen Einstieg. Der Kellner rettet mich fürs Erste mit der Karte. Doch ich bin augenblicklich überfordert. Champagner zum Start? Ja, sicher … Aber welcher? Ganz gewiss nicht der billigste, aber zu teuer darf er auch nicht sein … Der Kellner sieht mir meine Verzweiflung an, empfiehlt irgendwas, das ich mir nicht merken kann, doch ich nehme die Hilfe nur zu gerne an. Ich merke erst, dass ich die ganze Zeit über auf mein noch leeres Glas gestarrt habe, als Emily ganz sachte meine Hand ergreift. »Es ist schön, mit dir hier zu sein, Florence.« Ihr Lächeln bringt mich beinahe zum Weinen. Sie mag naiv sein, aber gleichzeitig wirkt sie auch so rein, unschuldig und ehrlich. Sie ist einfach perfekt.

Emily hat das Eis gebrochen und über einem Glas Champagner nimmt die Konversation dann doch Fahrt auf. Wir lachen darüber, dass sich keine von uns beiden während des Studiums über Smalltalk hinausgetraut hat, weil wir beide Angst davor hatten, die andere könnte vielleicht doch nicht lesbisch sein, obwohl die Anzeichen deutlich waren. Emily hört mir geduldig zu, als ich aus meiner Kindheit im Heim erzähle. Sie wirkt ehrlich betroffen und erzählt mir dann, dass sie eine jüngere Schwester hat, die im Kindesalter verschwand. »Das ist wohl einer der Gründe, weshalb ich immer zur Polizei wollte«, sagt sie und blickt nachdenklich in ihr Glas. »Ich hoffe noch immer, sie wiederzufinden, so unwahrscheinlich das nach all den Jahren auch scheint.«

Ich hätte gerne noch mehr über Emilys geheimnisvolle Schwester erfahren, doch der Kellner unterbricht uns, um die Bestellung aufzunehmen. Wir nehmen beide das Black-Angus-Filet, obwohl ich beim Anblick der Zahl dahinter doch zweimal schlucken muss. Ich hoffe bloß, dass Emily nicht auf die Idee kommt, sich an der Rechnung zu beteiligen. Das wäre mir peinlich. Ich habe sie zum besten Date aller Zeiten eingeladen und darum geht heute alles auf mich, koste es, was es wolle.

Das Essen ist vortrefflich, der Wein ebenfalls. Nur von der Rechnung wird mir letztlich wie erwartet beinahe übel. Das Trinkgeld fällt daher ein wenig mickrig aus, doch der Kellner versteht meinen zerknirschten Blick und nickt gnädig.

Wir verlassen das »Aqua Shard« kurz nach acht Uhr abends und steigen in ein Taxi, welches uns die paar Meilen rüber zum Royal Opera House bringt. Natürlich bin ich mir durchaus bewusst, dass die Oper bereits um halb acht angefangen hat. Schließlich dauert sie auch drei Stunden. Aber wenn man erst im dritten Akt einsteigt, sind auch die teuersten Logenplätze auf einmal durchaus erschwinglich. Es gab eine Zeit, da habe ich das öfter gemacht. Ich hatte damals – in meiner letzten heterosexuellen Phase – einen Freund, der nebenbei als Platzanweiser dort gearbeitet hat. Und anstatt einfach auf ihn zu warten, bis seine Schicht zu Ende war, habe ich mir so ziemlich alle zweiten Hälften angesehen, welche die Oper zu bieten hatte.

Als wir aus dem Taxi steigen und auf das mondäne Gebäude zugehen, bin ich ein wenig irritiert von Emilys Gesichtsausdruck. Sie bleibt plötzlich stehen und starrt auf das übergroße Plakat neben dem Eingang.

FAUST
Oper in fünf Akten
von
Charles Gounod

Das Bild zeigt eine am Boden kniende Frau mit einem roten Band um den Hals zwischen zwei aufrechtstehenden Männern, denen der Brustton der Leidenschaft förmlich anzusehen ist.

Emily weicht leicht zurück vor diesem dramatischen Anblick. Ich trete neben sie, nehme sanft ihre Hand und frage vorsichtig: »Alles in Ordnung, Emily?«

Das löst sie aus ihrer Erstarrung. Sie lächelt mich an, als wäre nichts gewesen. »Ja, Flo, mit dir ist einfach alles wunderbar.«

»Flo?«

»Kein guter Kosename?«

Emily wirkt verunsichert, deshalb erwidere ich schnell: »Doch, doch, Emy.« Dann gebe ich ihr einen schüchternen Kuss auf die Lippen. Wir strahlen uns einen kurzen Moment gegenseitig an, dann führe ich sie hinein in den Tempel der Kunst.

Nach einer kurzen Schrecksekunde an der Kasse, in der ich befürchte, die Vorstellung wäre wirklich komplett ausverkauft, halte ich tatsächlich die Tickets für zwei der besten Logenplätze zum billigsten Tarif in meinen Händen. Mit einem triumphierenden Grinsen gehe ich zurück zu

Emily, die an der Garderobe auf mich wartet und mir im Tausch gegen ihr Ticket meine Garderobenkarte reicht. Es ist tatsächlich mein Ex, der uns zu unseren Plätzen begleitet.

Obwohl das unüblich ist, führt er uns schließlich bereits vor Ende des zweiten Aktes zu unseren Plätzen, was sowohl ihm als auch uns den einen oder anderen säuerlichen Blick der anwesenden feinen Gesellschaft einträgt. Emily wirft allen einen entschuldigenden Blick zu und die Sache ist vergessen. Wer könnte diesem Engel auch lange böse sein?

Emily folgt dem Geschehen auf Bühne und Orchestergraben fast so gespannt und fasziniert, wie ich ihre so unglaublich perfekte Gestalt bewundere. Ich bin gerade die glücklichste Frau der Welt.

Dann, im fünften Akt, ändert sich Emilys Verhalten. Ihre Anspannung steigert sich mit jeder Note im Gleichtakt mit der Dramatik, die sich auf der Bühne abspielt: Margarete im Kerker, Faust und Mephisto sind bei ihr.

Als Mephisto im »Trio Final« zum »Alerte, Alerte« ansetzt, sehe ich, wie Emily zittert. Vorsichtig berühre ich ihre Hand und sie schmiegt sich sofort an mich. Ich bin gleichzeitig irritiert, besorgt und gerührt. Und dann, beim für mich größten Moment dieser Oper, weint Emily auf einmal. Zugegeben, auch mir kommen in dieser Szene beinahe die Tränen, einfach weil die Musik so unfassbar schön ist, so dramatisch, so schicksalhaft, so endgültig. Es ist Margaretes letzter Auftritt, ihre letzte Arie in diesem Werk.

Anges purs, anges radieux,
Portez mon âme au sein des cieux!
Dieu juste, à toi je m'abandonne!

Dieu bon! Je suis à toi, pardonne!
Anges purs, anges radieux,
Portez mon âme au sein des cieux!

*

Reine Engel, strahlende Engel,
Tragt meine Seele in den Schoß des Himmels!
Gerechter Gott, dir gebe ich mich hin!
Guter Gott! Ich bin dein, vergib mir!
Reine Engel, strahlende Engel,
Tragt meine Seele in den Schoß des Himmels!

Nach dem langanhaltenden Applaus am Ende der Oper
hat Emily sich wieder gefangen. Sie wirkt so glücklich wie
zuvor und darum ist jetzt nicht der richtige Moment für
Fragen. Plötzlich werde ich nervös. An alles habe ich gedacht, nur nicht daran, was *nach* der Oper geschehen soll.
Soll ich Emily noch auf einen Drink einladen? Oder möchte
sie vielleicht mit mir in eine Diskothek oder einen Nacht-
club? Das fühlt sich alles komisch an nach diesem intensi-
ven Abend und passt so gar nicht zu mir. Soll ich sie fragen,
ob sie noch mit zu mir kommt in meine kleine schäbige
Wohnung? Was soll ich dann dort tun? Wie weit darf ich
gehen? Will sie heute schon mehr, oder bin ich zu forsch?

Emily sieht mir meine Unsicherheit wohl an, denn sie
übernimmt die Initiative. Sie greift meine Hand und führt
mich stolz wie eine Eroberin via Garderobe hinaus aus der
Oper. Sie fragt nicht, sondern ruft einfach ein Taxi, gibt
dem Fahrer ihre Adresse und setzt sich mit mir auf den
Rücksitz. Ich habe keine Zeit mehr, mir über den weiteren

Verlauf des Abends Gedanken zu machen. Kaum ist das Taxi in Bewegung, sind wir es auch. Emily wendet sich mir zu, schlingt ihren Arm um meine Schultern, zieht mich zu sich und küsst mich. *Mein Gott, sie riecht so unfassbar gut!* Ich erwidere ihre Umarmung und schließe meine Augen. Emilys linke Hand streichelt über meinen Scheitel, meine Wange und gleitet dann seitlich an meinem Oberkörper hinunter an meine Lenden. Ihre Fingernägel bohren sich in meine Pobacke und ich stöhne auf. Der Taxifahrer räuspert sich, worauf wir uns ein wenig beschämt fortan mit allzu lüsternen Zärtlichkeiten zurückhalten, bis wir an Emilys Adresse ankommen. Ich kann nicht anders, als Emily neckisch zwischen die Schenkel zu greifen, während sie den Fahrer bezahlt. Sie quiekt und kichert. Dann steigen wir aus dem Wagen und rennen, so gut das in unseren Highheels möglich ist, zum Eingang. Ich habe keine Augen für das schicke Gebäude, in dem Emily residiert. Ich habe meine Sinne ausschließlich für sie reserviert. Im Aufzug sind wir allein.

»Ich wusste ja gar nicht, dass du so ein armes Mädchen bist«, raune ich mit gespieltem Bedauern. »Du kannst dir ja nicht mal ein Höschen leisten!«

Emily lacht, zieht mir den Saum meines Kleides bis zu den Brüsten hoch, greift mir in meinen Slip und – *ratsch* – reißt ihn mir einfach in Fetzen. »Genau, darum klau' ich dir jetzt auch deins!« Sie drückt mich an die Wand, beißt mir zärtlich in den Hals und lässt ihre Finger über meinen Venushügel und meine Scheide streichen. Ich keuche auf. Endlich ertönt das erlösende »*Pling*« und der Aufzug hält an. Ich kann es nicht erwarten, Emily an die Wäsche zu gehen. Die Tür ist kaum ins Schloss gefallen, da liegen auch schon all unsere Klamotten in der Wohnung verteilt und ich splitternackt auf Emilys Esstisch. Meine Hände krallen sich hinter meinem Kopf an der Tischplatte fest. Emilys Fingernägel kratzen sanft über meine Brüste, meine Lenden und meine Innenschenkel. Dann ist es endlich so weit: Sie küsst meinen Schoß! *Wow!* Ihre Zunge ist flink. Mein Schrei muss auch in den Wohnungen über, neben und unter uns zu hören sein, aber das ist mir vollkommen egal. Das, was ich hier erlebe, ist das Allerbeste, was es auf der Welt geben kann, und da lasse ich mich von nichts aufhalten. Ich setze mich auf, hüpfe vom Tisch und schnappe mir Emilys Hand. »Wo ist hier das Schlafzimmer?«

Sie macht mit ihrem Kopf eine kurze Bewegung nach rechts und dann – *taps, taps, taps* – huschen unsere nackten Füße über das Parkett. Ich bin überwältigt: Sie hat ein riesiges Himmelbett und auf dieses dränge ich sie nun zu. »Jetzt bist *du* dran. Sowas von *dran* bist du! Du kannst dir ja nicht mal im Entferntesten vorstellen, wie sehr du nun dran bist!« Wir lachen beide, als wir uns auf die Matratze fallen lassen. Auf dem Nachttisch liegen Emilys Handschellen. *Geil.* Ich greife nach ihnen. Das sind keine Spielzeuge, es sind dieselben, die sie im Dienst bei sich hat. Ich greife mir ihre Hände mit geübtem Griff, es macht zweimal »*klick*« und Emily ist ans Bettgestell gefesselt. Ich setze mich rittlings auf sie, beuge mich zu ihr herunter, kralle meine Finger in ihr Haar und knutsche mit ihr, bis sie nach Luft ringt. Meine Lippen gleiten über ihr Kinn zum Grübchen unterhalb des Halses, während ich lüstern ihre Brüste knete, meine Hände unter ihren Rücken schiebe und meine Zunge mit ihren Brustwarzen spielen lasse. Emily stöhnt. Das spornt mich weiter an. Ich rutsche von ihr runter leicht zur Seite und greife ihr zwischen die Schenkel. Ihre Scheide ist nass, nicht bloß feucht. Mein Mittelfinger reibt zwischen ihren Schamlippen auf und ab. »Ja, ja, ja!«, haucht sie.

»Genau, ja, ja, ja«, erwidere ich lachend. Drücke fester und lasse zwei Finger in ihr verschwinden. Raus und wieder rein und wieder und immer wieder.

Das Bettlaken ziert ein hübscher nasser Fleck, nachdem ich endlich zufrieden bin und Emily »genug … aufhören … bitte …« stöhnt. »Ich … kann … nicht … mehr! Mein Gott, du machst mich so was von wuschig, so etwas Geiles hab' ich ja noch nie erlebt!«

Wir sind beide völlig fertig. Ich befreie Emily, ziehe die Decke hoch und nehme meine Geliebte in den Arm. Es dauert nicht lange, bis wir beide einschlafen.

Mitten in der Nacht wache ich auf. Ich liege mit meinem Rücken eng an Emily gekuschelt und spüre plötzlich, wie sie sich aufrichtet und über mich beugt. Sie streichelt ganz sanft meinen Kopf.

»Weißt du, Flo, ich darf dir das alles eigentlich unter gar keinen Umständen erzählen«, flüstert sie plötzlich. Ich erstarre und wage es kaum, zu atmen. »Aber ich kann nicht anders. Darum tue ich es, während du schläfst. So kann ich es loswerden und verrate doch nichts. Du musst wissen, ich bin ein Engel. Mein Nachname Michaelis ist kein Zufall. Meine Familie stammt tatsächlich vom Erzengel Michael ab. Wir haben in einem wunderbaren Haus gewohnt, in einem Vorort von London. Ich, meine Eltern und meine kleine Schwester. Es war eine glückliche Zeit. Aber wir wussten, dass sie nicht lange anhalten würde. Es stand schon länger fest: Der Antichrist würde bald auf Erden erscheinen und zeitgleich – wenn alles gut geht – auch der Messias. Wir haben einen Auftrag zu erfüllen. Wir sollen dem Guten zum Sieg verhelfen. Dafür mussten wir ein Opfer bringen. In der Oper habe ich wegen meiner Schwester geweint. Sie ist nicht tot. Aber dennoch habe ich sie verloren. Ich habe sie nicht mehr gesehen, seit sie ungefähr vier Jahre alt war. Ich weiß bloß, dass sie lebt und ich weiß, dass sie es schwer hat. Ich vermisse sie so schrecklich … Aber jetzt werde ich dich in Ruhe lassen, Flo. Schlaf schön weiter, mein Schatz.«

Emily küsst mich auf die Schläfe und kuschelt sich an mich. Ich spüre ihre Brüste an meinem Rücken. Am liebsten würde ich mich gleich zu ihr umdrehen, um sie nochmals zu vernaschen, aber damit würde ich ihr verraten, dass ich alles gehört habe.

Ein Engel? *Warum nur gerate ich bloß immer an die Mädchen, die fast ebenso sehr einen an der Klatsche haben wie ich?*, denke ich und schlafe glücklich ein.

Kapitel IX

Panis Angelicus

Azraelle

Mein Herz rast, während ich wie besessen ziellos durch die Straßen renne. *Ich habe meinen Herrn getötet. Wie konnte ich das nur tun?* Es war der Befehl meiner Herrin. Ich konnte mich ihr nicht widersetzen. Sie ist doch so gut zu mir.

Wie gelähmt blicke ich an mir herunter und mir wird übel. Mein rechter Arm ist voller Blut. Warum hat der Schuss nicht ausgereicht? Warum musste ich auch noch den Dolch benutzen? Jemanden zu erschießen, ist schlimm genug. Zuzustechen ist noch viel schrecklicher. Das ist nicht mein Stil und auf diese Weise ausgerechnet meinen Herrn zu töten, ist mehr, als ich verkraften kann.

Ich übergebe mich an einer Bushaltestelle in einen Mülleimer. Die wartenden Leute weichen erschrocken vor mir zurück und ich irre weiter. Niemand darf mich erkennen! Sie dürfen sich niemals mein Gesicht merken können.

Schließlich erreiche ich einen Friedhof mit hohen alten Bäumen. Hier kauere ich mich hinter einen großen Grabstein, um meine Sinne wieder zu ordnen. Doch nur wenige Schritte neben mir kläfft ein Hund und sein Besitzer wird auf mich aufmerksam. »Miss? Was tun Sie da? Das hier ist ein Friedhof und keine öffentliche Toilette!«

Ich schieße hoch. *Verdammt!* Warum gehen die Leute hier bloß mitten in der Nacht mit ihren Kötern spazieren? Es hat keinen Sinn, die Situation richtigzustellen, darum suche ich rasch das Weite. Ohne es zu wollen, stehe ich auf einmal wieder vor dieser Kirche. Es ist dieselbe, die mich damals so magisch angezogen hat, nachdem ich Raùl beseitigt hatte. Wieder stehe ich vor dem Kirchenfenster, aus dem dieses Mal helles goldenes Licht fällt. Orgelklänge dringen aus dem Gebäude und wie von einem unsichtbaren Faden gezogen, folge ich der Musik. Als ich eintrete, erklingt gerade das Vorspiel zu »Panis Angelicus« von César Franck.

Für den eher bescheidenen Vorort, in dem sie steht, ist die Kirche ziemlich beeindruckend. Ich spüre ein Kribbeln auf meiner Haut und bin mir sicher, dies ist nicht einfach irgendeine Kirche. Sie muss auf eine mir noch nicht erklärliche Weise bedeutsam sein. Die Kirchenbänke sind alle leer, aber beim Altar ist ein Chor mit seiner Probe beschäftigt.

Ich schleiche mich noch ein paar Schritte im Mittelgang nach vorne, bleibe dann stehen und verharre still. Erstaunlicherweise bemerkt mich niemand. Der Dirigent hebt die Arme und da glaube ich, direkt vor einer Engelsschar zu stehen. Ich falle auf die Knie und weine, als ich folgende Worte höre:

>»Panis angelicus
>fit panis hominum;
>Dat panis coelicus
>figuris terminum:

O res mirabilis!
manducat Dominum
pauper, servus et humilis.

Te trina Deitas
unaque poscimus:
Sic nos tu visita,
sicut te colimus;
Per tuas semitas
duc nos quo tendimus,
Ad lucem quam inhabitas.
Amen.«

*

Der Engel reines Brot
wird Brot für Menschen;
leeren Zeichen bringt Tod
das Brot aus dem Himmel.
O Wunder der Wunder!
Es nähren vom Herrn sich
Arme, Sklaven und Niedere.

Du Gottheit dreifaltig
und eins, dich bitten wir:
Weile so unter uns,
wie wir dich verehren;
über deine Wege
führ uns ans Sehnsuchtsziel,
dorthin zum Lichte, wo du wohnst.
Amen.

Nachdem der Schlussakkord verklungen ist, vernehme ich plötzlich eine Stimme vor mir. »Du brauchst hier nicht zu knien, wir sind nicht katholisch.«

Ich öffne meine Augen und schrecke zurück. Der rothaarige Mann vor mir muss der hiesige Pfarrer sein, sein Ornat verrät ihn. Er hat sich zu mir heruntergebeugt. Obwohl ich fliehen sollte, bleibe ich, wo ich bin. Der Mann vor mir macht mir keine Angst. Es fühlt sich an, als hätte ich gefunden, wonach ich gar nicht gesucht habe.

»Ich bin Reverend Jordan Hale, mein Kind«, sagt er, greift nach meinem Dolch und lässt ihn in seiner Robe verschwinden. »Ich denke, es ist besser, wenn ich dich jetzt an einen Ort bringe, an dem wir ungestört reden können.« Er richtet sich auf und streckt mir seine Hand entgegen. Ich ergreife sie, ohne zu zögern, und er führt mich durch eine Seitentüre hinaus aus der Kirche. Das Pfarrhaus liegt gleich nebenan und beim Eintreten fühlt es sich an, als würde ich nach Hause kommen. Sein Heim wirkt einladend, warm und freundlich auf mich. Reverend Hale führt mich in die Küche, in der ein alter Eisenofen steht, der eine wohlige Wärme abstrahlt. Ohne zu fragen, setze ich mich in einen Schaukelstuhl neben dem Ofen. Der Reverend zieht den Dolch unter seiner Robe hervor und legt ihn ins Spülbecken. Danach greift er nach einem Tuch, hält es unter den Wasserhahn, wringt es aus und reicht es mir. Ich wische mir das Blut von den Armen und schon nach wenigen Minuten ist das vormals weiße Tuch vollkommen rot.

»Hm, damit kommen wir wohl nicht weit«, murmelt Reverend Hale. Wieder streckt er seine Hand aus und wieder lasse ich mich von ihm führen. Wir gehen die Treppe hinauf ins Bad. Hale öffnet einen Schrank und holt ein Frotteetuch heraus. Als er sich wieder zu mir dreht, zuckt er kurz zusammen. Ich habe mich ohne jede Scham ausgezogen und es stört mich nicht im Geringsten, wie er mich nun ansieht. Immerhin ist er alles andere als unattraktiv. Gut, er mag schon ein paar Jahre älter sein als ich, aber aus einem unerfindlichen Grund spüre ich, dass er der Richtige für mich ist. Ich bin vollkommen von diesem Mann eingenommen, gehe auf ihn zu und ziehe ihm, ohne zu fragen, seine Robe aus. Darunter trägt er einen schlichten, anthrazit-farbenen Anzug. Allerdings nicht mehr lange.

Nur wenig später stehen wir zusammen unter der Dusche. Hales Finger krallen sich in mein Haar. Wasserdampf beschlägt die Glastür der Dusche. Das Blut meines Herrn ist im Abfluss verschwunden und ich fühle mich wieder rein, obwohl ich gerade meine Beine um diesen attraktiven Mann schlinge und laut aufstöhne, als er in mich eindringt. *Ich darf das nicht tun! Ich darf nicht! Ich muss sterben, wenn ich meine Jungfräulichkeit an jemanden verliere, der nicht für mich bestimmt ist! Aber ich will ihn doch so sehr ...*

Er stößt zu, immer und immer wieder. Ich habe das noch nie zuvor erlebt, aber auch in meinen kühnsten Vorstellungen hätte ich nie mit einer solchen Ausdauer gerechnet.

Meine Finger sind schrumpelig, als wir die Dusche verlassen. Hale lässt mir kaum Zeit, mich abzutrocknen, ehe er mich in sein Schlafzimmer drängt. Dort macht er mit der gleichen Intensität weiter. Er dreht mich auf den Bauch, kniet sich zwischen meine Schenkel, greift um meine Taille und zieht mich hoch. Schon ist er wieder in mir und ich weiß kaum noch, wie mir geschieht.

Als er sich endlich – nun doch schwerer atmend – neben

mich legt, bin ich so erschöpft, dass ich beinahe sofort einschlafe.

Der kommende Tag beginnt so, wie der letzte aufgehört hat: mit ganz viel Sex. Hale ist unerbittlich, unersättlich und unmöglich aufzuhalten. Ich genieße die neue Erfahrung völlig hemmungslos, doch in einem seltenen Moment der Ruhe fällt mir mit Schrecken ein, was mein Herr mir bei meiner Ordenstaufe erklärt hat: Die Stärke der dunklen Mächte liegt in ihren Lenden! Oh mein Gott! Sollte mich etwa letzte Nacht ein Dämon entjungfert haben? Ich bekomme Angst und weiche vor seinem nächsten Annäherungsversuch zurück.

»Was hast du denn auf einmal?«

Erst weiß ich nicht, was ich antworten soll, doch dann fällt mir ein Grund ein, der halbwegs plausibel erscheinen könnte. »Ich ... fühle mich unwohl, mit einem Mann zu schlafen, der noch nicht einmal meinen Namen weiß.«

Hale grinst. »Ach, jetzt plötzlich? Bis jetzt bist du mir nicht so prüde vorgekommen.«

»Ich bin es auch nicht. Aber schüchtern ... eigentlich ...«, erwidere ich. Das scheue Mädchen ist eine meiner Paraderollen. Ich setze mich auf, rutsche ans Kopfende des Bettes und ziehe das Laken hoch, um meine Brüste zu bedecken.

Hale kann sich ein Lachen nicht verkneifen, hat er doch schon alles von mir gesehen. »Na dann ... Ich bin Jordan. Aber das weißt du ja eigentlich, wenn ich dir die Erinnerung daran nicht bereits aus dem Kopf gefickt habe.«

Ich nestle verschämt am Bettlaken rum. »Ich heiße Azraelle«, flüstere ich.

»Wie der Todesengel des Islam, nur weiblich«, erwidert Jordan trocken.

Ich zucke zusammen. Seine Worte erinnern mich an den Mord an meinem Herrn. *Ja, auch ich bin ein Todesengel.*

»Oh, tut mir leid«, entschuldigt er sich. »Ich wollte dich nicht erschrecken. Ich bin sehr erfreut, deine Bekanntschaft zu machen, Azraelle.« Jordan sagt das mit einer augenzwinkernden Förmlichkeit, die mich erwarten lässt, dass er mir als Nächstes die Hand schüttelt.

Sein Lächeln ist freundlich und mein Misstrauen schwindet. »Du bist ein sehr ungewöhnlicher Geistlicher, Jordan«, gebe ich mich entspannter und lächle zurück.

»Warst du denn schon mit vielen von uns im Bett?«, fragt er frech.

»Nein, natürlich nicht!«, erwidere ich lachend.

»Woher willst du denn wissen, dass sich nicht alle Pfarrer im Bett als wilde Hengste entpuppen?«

Ich liebe seinen schelmischen Blick. »Gute Frage ... Ich kann es mir einfach schlecht vorstellen. Ist es denn so?«

»Das kann ich nicht beurteilen, ich habe keine meiner Kommilitoninnen über meine Konkurrenten ausgefragt. Wahrscheinlich war ich nicht als einziger Theologiestudent froh darüber, nicht katholisch zu sein, aber den Begriff der Nächstenliebe hat wohl trotzdem niemand außer mir so frivol ausgelegt.« Er schweigt einen Augenblick und bringt mich dann mit seinem nächsten Satz in Verlegenheit. »Du bist aber auch alles andere als gewöhnlich, Azraelle.« Jordan stellt die Frage nicht. Trotzdem erkenne ich an seinem Tonfall, worauf er anspielt.

»Ja, ich habe gestern jemanden getötet, Jordan.« Die Worte kommen wie von selbst über meine Lippen. Von da an gibt es kein Halten mehr. Jordan ist der erste Mensch, dem ich offenbare, wer ich bin. Ich kann mich nur vage an meine ersten und einzig glücklichen Lebensjahre erinnern. Es ist das erste Mal, dass mir der Gedanke an die Zeit bei seiner Lordschaft keine Schuldgefühle bereitet. Liegt es am Tod des Lords oder an Jordans Vertrauenswürdigkeit? Ich erzähle ihm von meinen Eltern und vom Feuersturm, der mir alles genommen hat. Jordan nimmt mich in den Arm, als ich ihm von meiner Schwester berichte, von der ich nicht einmal sicher bin, ob sie je existiert hat. Darüber, was danach kam, bleibe ich vage. Ich erzähle, dass der Lord mich gerettet und bei sich aufgenommen hat, auch dass er inzwischen tot ist. Auch von der Lady und wie streng sie lange Zeit zu mir gewesen ist. Ich erzähle von meiner Liebe zur Musik und ich berichte ihm, dass ich zum gestrigen Mord gezwungen wurde.

Jordan Hale hört mir geduldig zu, stellt mir aber keine Fragen. Danach offenbart er mir dann seine eigene, der meinen nicht unähnliche Geschichte: Jordan war von seiner Familie verstoßen worden, als er noch ein kleines Kind gewesen war.

»Wie können Eltern nur so etwas Unglaubliches tun?«

»Nun ja, meine ältere Schwester Melissa hat ihnen dafür viele Gründe geliefert. Sie hat alles Mögliche getan und es anschließend mir in die Schuhe geschoben. Weil sie gegenüber unseren Eltern den Eindruck des braven Mädchens so perfekt aufrechterhalten konnte, stand meine Schuld grundsätzlich fest. Sie wurde immer dreister und immer extremer. Das ging zuletzt so weit, dass sie unser Haus niederbrannte und mich danach beschuldigte. Da war das Maß dann voll und meine Eltern gaben mich in professionelle Obhut. Ich habe sie nie wiedergesehen und keine Ahnung, was aus ihnen geworden ist.«

Ich bin so schockiert, dass ich darauf nichts erwidern kann.

»Wahrscheinlich sind sie inzwischen tot«, fährt Jordan fort. »In der psychiatrischen Einrichtung haben die Ärzte rasch erkannt, dass hier irgendetwas nicht stimmen konnte. Insbesondere, als meine Eltern von einem Tag auf den anderen nicht mehr auffindbar waren. Es war nicht einfach, für mich eine Pflegefamilie zu finden, aber schließlich gelang es und ich durfte immerhin eine einigermaßen glückliche Jugend erleben. Seither kann ich mich über mein Leben sicher nicht beklagen. Dennoch verfolgt mich das Schicksal meiner Eltern bis heute.«

»Und was ist aus deiner Schwester geworden? Wurde sie für das, was sie getan hat, zur Rechenschaft gezogen?«

Jordan blickt nachdenklich an mir vorbei und schüttelt den Kopf. »Nein, das wurde sie nicht. Ich will das auch nicht.«

»Aber warum nicht? Nach allem, was sie dir angetan hat?«

»Ich habe ihr verziehen, Azraelle. Das hat mich mein Glaube gelehrt. Gerüchteweise hat sie ihren Namen geändert und wohnt jetzt irgendwo in der Nähe von London. Nach ihr gesucht habe ich nie und selbst wenn ich wüsste, wo sie wohnt, würde ich sie nicht besuchen. Ich glaube, es ist besser so. Falls wir uns wiedersehen, würde ich es vielleicht bereuen, ihr verziehen zu haben.«

»Wirst du mir auch verzeihen? Oder wirst du der Polizei berichten, was ich getan habe?«

Jordan denkt einen Moment nach und erwidert dann: »Es ist nicht an mir, dir zu verzeihen, das kann nur der Herr. Meine Aufgabe ist es, den Seelen auf dieser Welt zu helfen, ihre Bürden zu tragen. Der Polizei Informationen zu geben, wäre wohl kaum der richtige Weg, um diese Aufgabe zu erfüllen.«

Ich atme erleichtert aus und schlage das Bettlaken zurück. Jordan lässt sich nicht zweimal bitten.

Den ganzen Tag über schaffen wir es bloß einmal bis in die Küche. Die ganze übrige Zeit verbringen wir im Bett. Doch als Jordan mich gegen Abend allein lässt, um in der Kirche den Abendgottesdienst vorzubereiten, erinnere ich mich schmerzlich an meine Herrin, die nun schon seit Stunden zu Hause auf meine Rückkehr warten muss. Obwohl sich heute alles doch so gut und so richtig angefühlt hat, quält mich nun das schlechte Gewissen.

Ich habe meine Aufgabe nicht zu Ende geführt. Ich habe meine Herrin allein gelassen. Sie wird sicher voller Sorge um mich sein! Ich habe einem mir fremden Mann meine Geschichte erzählt und darüber hinaus auch noch mit ihm geschlafen! Ich bin unschlüssig, was von alledem ich meiner Herrin beichten werde. Aber ich weiß, ich muss auf der Stelle zu ihr zurück. Ja, sie wird mich bestrafen. Das habe ich auch verdient.

Ich stehe mit wackligen Beinen auf. Im Bad finde ich mein Kleid. Es ist noch immer voller Blut, aber auf dem schwarzen Stoff fällt das nicht auf. Mit einem tiefen Seufzen verlasse ich diesen Ort, an dem ich die schönsten Stunden meines Lebens verbracht habe. Ohne eine Nachricht zu hinterlassen, kehre zurück zu meiner Herrin.

Kapitel X

Mordermittlung

Florence

Als ich am Morgen aufwache, muss ich mich zuerst orientieren. Die vergangene Nacht war so unglaublich, dass ich glaube, geträumt zu haben. Doch ich habe den Beweis für das Gegenteil. Emily liegt eng angekuschelt neben mir. Ich will sie nicht wecken, aber ich muss einfach ihre langen, blonden Haare streicheln, minutenlang.

Schließlich ist es Emilys Mobiltelefon, das plötzlich auf dem Nachttisch vibriert und die Stimmung zerstört.

Emily blinzelt, dreht sich um, tastet so lange vergeblich nach dem Telefon, bis es zu Boden fällt, murmelt etwas Unverständliches und hat letztlich Erfolg. Ich erkenne Inspector Taylors Stimme. Es gab einen Mord. Taylor ist offensichtlich genervt, was sich nicht gerade bessert, als Emily auf die Aufforderung, zum Tatort zu kommen, nicht sofort reagiert.

»Ja, ich weiß, Emily, es ist Wochenende. Meinen Sie vielleicht, bei mir nicht? Und Sie können Cunningham ruhig mitbringen. Sie ist bestimmt bei Ihnen. Jedenfalls konnte ich sie nicht erreichen. Ach ja, und fragen Sie sie doch gleich, wo der verdammte Briggs ist! Wäre ja eigentlich seine Zuständigkeit, dieser Fall, aber er ist irgendwie verschwunden.«

Missmutig legt Emily auf, sieht mich an und seufzt. »Guten Morgen, mein süßer Schatz«, flüstere ich und sie gibt mir einen Kuss auf die Lippen. Sofort schwebe ich wieder im siebten Himmel. »Lassen wir Taylor doch noch ein kleines bisschen länger warten …«, murmle ich. Emily ist ganz meiner Meinung.

Es vergeht noch fast eine Stunde, bis wir in Emilys Wagen sitzen und zum Tatort fahren. Taylors Groll ist uns sicher, aber den Preis bezahle ich gern.

Eigentlich wusste ich bereits, welcher Tatort gemeint ist, aber ich hatte mein Erlebnis im Haus der Baroness erfolgreich verdrängt. So wird mir erst auf dem Weg dorthin bewusst, wo es hingeht und dass ich mich besser unter irgendeinem Vorwand vor diesem Einsatz gedrückt hätte.

Taylor ist gerade mit der Befragung der Haushälterin beschäftigt, die mich glücklicherweise nicht sieht. Ich husche mit ein paar Schritten Abstand an ihr vorbei. Zum Glück sind genug andere Beamte hier, sodass eine Polizistin mehr oder weniger der gänzlich aufgelösten Frau nicht auffällt. Trotzdem muss ich höllisch aufpassen, ihr nicht später doch noch über den Weg zu laufen. Mir wird erst jetzt bewusst, wie viel Glück ich hatte, dass sie am Abend des Mordes und wohl auch am Tag danach frei hatte.

»Was ist denn mit dir los, Florence?«, fragt mich Emily, während wir uns den Raum ansehen, in dem der Mord geschehen ist, und ich nur sehr zögerlich auf das Bett mit der Leiche zugehe. Ich fühle mich grauenhaft, fast so, als wäre ich am Tod der Baroness schuld.

»Nichts, warum?«, erwidere ich und stelle erschrocken fest, wie schwach meine Stimme dabei klingt.

»Du wirkst ungewöhnlich nervös. Es ist ja nicht deine erste Leiche und schlimm sieht es nicht aus. Kennst du das Opfer etwa?«

Ich schlucke leer und stoße dann ein »Nein, wie kommst du denn darauf?« hervor.

»Na, das wurde aber auch mal Zeit!« Charleen Taylors Laune ist offensichtlich unverändert schlecht. Emily entschuldigt sich und Taylor mustert uns einen kurzen Moment lang mit einer Mischung aus Ärger und Amüsement. Ich weiß nicht, wo ich hinsehen soll. Dann grinst Emilys Vorgesetzte wissend und ihre Stimmung bessert sich schlagartig.

Detective Inspector Charleen Taylor ist Briggs' designierte Nachfolgerin, sobald er in Rente geht. Sie ist eine große, schlanke Frau von etwa fünfzig Jahren mit einer Kurzhaarfrisur und graumeliertem Haar. Insbesondere weibliche Mitarbeitende schätzen sie für ihren ausgesprochen starken Gerechtigkeitssinn und die Deutlichkeit, mit der sie diesem unter anderem auch Briggs gegenüber Ausdruck verleiht. Obwohl für mich sicher zu alt, finde ich sie durchaus attraktiv.

»Haben Sie rausgefunden, wo Briggs sich herumtreibt, Cunningham?« Taylor spricht grundsätzlich nur ihre eigenen Mitarbeitenden mit ihren Vornamen an, da ist sie ausgesprochen strikt.

»Ähm… Nein, nicht wirklich.« Ich stehe noch immer neben mir.

»Ach so… Nicht wirklich… Also nehme ich an, Sie haben es auch gar nicht erst versucht?«

Ich zögere. *Scheiße.* »Nein, ich dachte…«

Taylor zieht kritisch den linken Mundwinkel hoch. »Ich erwarte schon eine gewisse Eigeninitiative, Constable Cunningham. Ich verstehe schon, Sie haben wohl gerade anderes im Kopf.« Sie blickt verstohlen zu Emily, die betreten zu Boden sieht. »Und die Zusammenarbeit mit Briggs ist bestimmt auch schwierig. Er macht Ihnen wohl keine brauchbaren Vorgaben. Darum rate ich Ihnen, meine dafür umso mehr zu beherzigen.«

»Es tut mir leid, Sir. Ich werde mir Ihre Worte merken.«

Taylor lächelt milde. »Sie sind nicht hier, um sich zu entschuldigen Cunningham, sondern, um es besser zu machen. Also grübeln sie nicht weiter darüber nach und sehen Sie zu, dass Sie Briggs auftreiben. Ich mache mir nämlich langsam wirklich Sorgen.«

Emily wirft mir einen enttäuschten Blick zu und reicht mir die Schlüssel zu ihrem roten Mini Cooper. Ja, auch ich wäre jetzt lieber mit ihr zusammen. Darüber, dass ich aus diesem Haus rauskomme, bin ich trotzdem froh. *Schau dir einfach bitte bloß die Bilder nicht zu genau an …*

Auf dem Weg hinaus begegnet mir tatsächlich die Haushälterin der Baroness. Ich sehe sie nur kurz an und nicke ihr zum Gruß zu. Sie bleibt stehen und ich kann ihr ansehen, dass sie irritiert ist. *Mist! Hoffentlich kommt sie nicht darauf, woher sie mich kennt.*

Ich fahre zu Briggs' Wohnung. Er wohnt in einem heruntergekommenen Arbeiterviertel in einem Londoner Außenquartier. Emilys Wagen parke ich am Straßenrand vor dem Zaun. Dahinter steht das Gras meterhoch. Ich blicke ungläubig auf den Namen am Türschild. »Pixie & Calderon Briggs« lese ich. Pixie? Was zum ...? Ich bin mir vollkommen sicher, Briggs ist nicht verheiratet. Zwischen dem hohen Gras führt ein Weg mit aufgesprungenen Betonplatten zur Eingangstüre des alten Reihenhauses. Beunruhigenderweise steht die Türe einen Spaltbreit offen und ich kann Einbruchsspuren erkennen. Ich ziehe meine Waffe und stoße die Tür vorsichtig auf. Der Flur und die Küche sind leer, doch aus dem Wohnzimmer höre ich ein Geräusch. *Was muss ich nun tun? Verstärkung anfordern? Mutig ins Wohnzimmer stürzen? Erst alle anderen Räume überprüfen?* Ich strecke kurz meinen Kopf ins Wohnzimmer und sehe die Blutlache. Briggs! Ich renne hinein und erschrecke gleich doppelt. Erstens Briggs' wegen, der reglos in seinem Blut vor dem Sofa liegt und zweitens wegen der jungen Frau, die sich im Negligé auf dem Sofa räkelt. Erst auf den zweiten Blick erkenne ich, was sie in Wirklichkeit ist: Eine ausgesprochen realistische, lebensgroße Puppe. Pixie ...

Ich ignoriere das Mädchen und knie mich neben Briggs in die rote Lache. »Briggs? Sir?«, flüstere ich. Doch er reagiert nicht. Ich kontrolliere Atmung und Puls. Da öffnet er ganz leicht die Augen und versucht, zu sprechen.

»Halten Sie still, Sir. Ich rufe den Krankenwagen.«

Briggs greift kraftlos nach meiner Hand. »Nein, Florence ...«, röchelt er. Ich kann ihn kaum verstehen und beuge mich zu ihm herunter. »Azraelle ...«, glaube ich zu hören. »Beschützen ... Mephista ... Hale ...« Sein Blick wird starr. Einige Minuten versuche ich noch, ihn wiederzubeleben. Weil bei der Herzdruckmassage aber schwallweise Blut aus der Wunde in seinem Brustkorb strömt und bei den Beatmungsstößen nicht der geringste Effekt erkennbar ist, muss ich aufgeben und rufe schließlich Taylor an. Als ich ihr gerade meine grausame Entdeckung mitgeteilt habe, höre ich, wie jemand aus dem oberen Stock die Treppe herunterrennt. Ich stürze mit gezogener Waffe hinaus in den Flur, kann aber nur noch sehen, wie eine dunkelhaarige Frau aus der Tür auf die Straße rennt. Ich verfolge sie, doch bereits nach wenigen Straßenecken habe ich sie verloren.

Keine Ahnung, wie Taylor es geschafft hat, so schnell hier zu sein. Sie schafft es sogar noch vor der Ambulanz, die jedoch unverrichteter Dinge wieder abzieht.

Während ich gemeinsam mit Taylor auf die Spurensicherung warte, bestaune ich wortlos die Liebespuppe auf dem Sofa.

»Unglaublich lebensecht, nicht wahr?« Ich war gerade so geistesabwesend, dass Taylors Frage mich zusammenzucken lässt.

»Tatsächlich«, erwidere ich trocken. »Hätte ich nicht von ihm erwartet.«

»Bevor Sie voreilige Schlüsse ziehen, Cunningham, schauen Sie sich das Bild dort drüben mal an.«

Ich drehe mich zur Seite. Mit zusammengekniffenen Augen mustere ich die alte Hochzeitsfotografie. »Aber … Das ist ja unglaublich!«

»Genau … Wie ich schon sagte, Cunningham. Nicht zu früh urteilen. Er hat sich diese Puppe nicht zum bloßen Vergnügen machen lassen, sondern um das Gefühl zu haben, sie wäre noch immer hier.«

»Wissen Sie, was mit ihr geschehen ist, Sir?«

Taylor nickt. »Ja. Briggs hat es mir einmal erzählt, an

einem Weihnachtsessen vom Revier, nach zu viel Whisky. Sie war schon vor der Hochzeit krank. Trotzdem hat er sie geheiratet, weil er sich nicht vorstellen konnte, jemals eine andere zu lieben. Sie starb ein halbes Jahr nach der Hochzeit.«

Ich schlucke schwer. *Es tut mir leid, Sir*, entschuldige ich mich in Gedanken. *Ich habe mich wohl in Ihnen getäuscht.*

Taylor klopft mir aufmunternd auf die Schulter und bis zum Eintreffen der Spurensicherung erzähle ich ihr alles, was ich weiß, während ich meine Knie von Briggs' Blut befreie. Auf unseren Handys suchen wir fieberhaft nach »Azraelle«, »Mephista« und »Hale«. Zu Azraelle finde ich nichts Brauchbares, aber die Adresse von Martin und Mephista Dowland-Hale klingt vielversprechend. Inspector Taylor überlässt den Tatort der Spurensicherung, um mit mir dorthin zu fahren.

»Mephista Dowland-Hale?«, fragt Taylor die Frau, welche uns die Tür öffnet.

»Ihre Ladyschaft ist in der Bibliothek. Wen darf ich ihr melden?«

Taylor zieht ihre Dienstmarke hervor und ich tue es ihr gleich. »Detective Inspector Taylor und Constable Cunningham von der Metropolitan Police. Aber machen Sie sich keine Mühe, wir stellen uns gerne selbst vor.«

»Ich weiß nicht, ob sie Zeit hat, sie zu empfang-«

Taylor schneidet ihr das Wort ab, schiebt die Haushälterin zur Seite und tritt ein. Sie folgt uns aufgebracht durch das beeindruckend große Haus. Taylor findet die Bibliothek auf Anhieb, als sie die erstbeste Tür aufstösst.

»Die Damen sind von der Polizei, Mylady«, erklärt die

Haushälterin empört, als wir uns vor dem Schreibtisch aufbauen, an dem eine große, schlanke Frau sitzt, deren Haare noch viel roter sind als meine. »Ich bitte um Entschuldigung, aber sie ließen sich nicht aufhalten.«

Die Frau am Schreibtisch lehnt sich zurück, faltet die Hände vor der Brust, mustert uns einen Augenblick und fragt dann: »Nun denn, was kann ich für Sie tun, Detectives?«

Mich schüchtert sie fast ein wenig ein mit ihrer Körperhaltung. Taylor dagegen reagiert vollkommen ungerührt, stellt uns nochmals vor und kommt danach gleich zum Punkt. »Ich entschuldige mich für unser unangemeldetes Eindringen, aber wir ermitteln im Mord an einem unserer Kollegen.«

»Ich bedaure, dies zu hören, Inspector. Doch was habe ich damit zu tun?«

»Die letzten Worte des Kollegen waren Azraelle, Mephista und Hale. Mindestens zwei davon führen hierher, wovon zumindest der Name Mephista nicht gerade geläufig ist«, platze ich heraus. Taylor wirft mir einen kritischen Blick zu und ich verstumme.

Mephista Dowland-Hale lächelt siegessicher. »Dies ist ein freies Land, Constable. Es stand meinen Eltern ebenso frei, mir einen Namen zu geben, wie es mir freisteht, mir einen neuen zu wählen. Ich bin mir sicher, sie finden heraus, welche Seite daran schuld ist, dass ich nun so heiße, auch wenn es für ihre Untersuchung absolut keine Rolle spielt.«

Die Selbstsicherheit der Lady macht mich nervös und ihre Arroganz sauer. »Dürfte ich mich hier etwas umsehen?«

Taylor tritt mir auf den Fuß, doch zu unser beider Erstaunen antwortet Mephista: »Wenn es Ihnen Freude macht.

Whitney wird sie herumführen. Sie haben zwar sicher keinen Durchsuchungsbefehl, wie ich annehme, aber ich habe auch nichts zu verbergen. Wollen Sie in der Zwischenzeit nicht Platz nehmen, Inspector Taylor?«

Nun ist auch Taylor ziemlich verblüfft. Sie setzt sich, während die Haushälterin mich aus der Bibliothek führt. Dabei fällt mein Blick auf das Cello. »Ein schönes Instrument, wer spielt es denn?«

»Ein Mädchen, das hin und wieder hier zu Gast ist.«

»Wie heißt sie?«

»Ich denke, es genügt völlig, hier unangemeldet einzudringen, Constable. Ihre Ladyschaft ist äußerst großzügig, Ihnen einen Blick in ihre Gemächer zu gestatten. Ich werde Ihnen sicher nicht auch noch ihre familiären Verhältnisse offenlegen«, erwidert Whitney professionell und kühl.

Ich ignoriere die Spitze und frage weiter: »Und seine Lordschaft? Ist er heute zu sprechen?«

»Seine Lordschaft hat diesen Ort leider verlassen.«

»Wann wird er wiederkommen?«

»Oh, ich gehe nicht davon aus, dass er dies überhaupt tun wird, Constable. Und bevor Sie fragen: Selbst wenn ich es wüsste, würde ich Ihnen seinen Aufenthaltsort nicht nennen.«

»Sie sind sehr pflichtbewusst, Whitney«, erwidere ich schnippisch, doch die Haushälterin geht nicht darauf ein.

Mir ist es sehr recht, dass ich mich ohne die Begleitung von Inspector Taylor umsehen kann. Sollte ich hier tatsächlich auf Azraelle treffen, könnte das im besten Fall peinlich werden. Wenn sie dieselbe Azraelle ist, mit der ich bei der Baroness war, dann muss ich unter allen Umständen verhindern, dass sie Taylor von diesem unseligen Abend mit mir irgendetwas erzählt. Außerdem beschleicht mich das Gefühl, Briggs' letzter Wunsch an mich sei es gewesen, Azraelle zu schützen und nicht Mephista. Obwohl, wenn sie das Mädchen bei Briggs war, das vor mir geflohen ist …

»Das Mädchen mit dem Cello …«, nehme ich meine Befragung wieder auf.

»Sie hören wohl nie auf, was?«

»… in welchem Verhältnis steht sie zur Familie? Ist sie die Tochter?«

»Mehr als das«, antwortet Whitney.

»Dann würde ich gerne ihr Zimmer sehen.«

Die Haushälterin ist sichtlich genervt. Mit strammem Schritt führt sie mich die Treppe hinauf und öffnet eine Tür am Ende des Flurs. »Bitte.«

Ich trete ein in eine rosafarbene Welt und bekomme allein schon vom Anblick Zahnschmerzen. Viel zu sehen gibt es allerdings nicht. Ein Bett, ein Stuhl, ein Sessel und ein Nachttisch mit einer lädierten Spieluhr. Als ich diese aufklappe, erklingt »Twinkle, twinkle, little star« und eine kleine Ballerinafigur dreht Pirouetten. Ich kann es mir nicht erklären, aber irgendetwas an diesem zuckersüßen Zimmer finde ich gruselig. Das in der Bibliothek ist kein Kinderinstrument, sondern ein ausgewachsenes 4/4-Cello. Warum in aller Welt bewohnt diese Frau also hier ein so steriles Mädchenzimmer?

Da mir Whitney die Frage sicher nicht beantworten wird, stelle ich sie gar nicht erst und gehe ins angrenzende Bad. *Ein Kinderzimmer mit eigenem Bad? Schick …* Alles ist sehr ordentlich und an einigen Utensilien kann ich die Bestätigung sehen: Ja, hier lebt – zumindest zeitweise – eine erwachsene Frau. Und sie legt ausgesprochen viel Wert auf ihr Äußeres. Genau wie die Azraelle, die mir begegnet ist. Kein Wunder gruselt mich das.

Es wirkt wohl schon beinahe wie eine Flucht, wie ich aus dem Zimmer eile. Die vielen übrigen Räume des großen Hauses wirken auf mich zwar beeindruckend, aber dennoch normal. Die Haushälterin öffnet bereitwillig alle Türen, wie die Lady es ihr aufgetragen hat. Sobald ich jedoch in den Keller will, begehrt sie auf. »Ich denke, das genügt jetzt wirklich, Constable! Ihre Ladyschaft war sehr großzügig, Ihnen ohne Durchsuchungsbeschluss so viel Einblick in ihr Anwesen zu geben.«

»Das ist sicher richtig. Allerdings macht mich ihre Weigerung jetzt natürlich neugierig.«

»Constable Cunningham?« Ich drehe mich um. Charleen Taylor bedeutet mir mit einer Kopfbewegung, dass es Zeit ist, zu gehen. Missmutig folge ich ihr unter dem zufriedenen Blick der Haushälterin, verabschiede mich im Vorbeigehen kurz von Lady Dowland-Hale und trete hinaus in den Regen.

»Was haben Sie herausgefunden, Cunningham?«, fragt mich Taylor auf dem Weg zu ihrem Wagen.

»Nicht viel, das allerdings ist dafür reichlich eigenartig.« Ich erzähle ihr vom rosa Zimmer und dem Keller, der mir verwehrt wurde.

Ihr ist das Cello ebenfalls aufgefallen und überraschenderweise war Lady Dowland-Hale ihr gegenüber offener, als es die Haushälterin bei mir war.

»Sie hat wohl ein Waisenmädchen bei sich aufgenommen, das inzwischen schon eine erwachsene Frau sein muss, und nur noch selten nach Hause kommt. Offenbar hat sie ihre Familie bei einem Brand verloren und Lady Dowland-Hale hat sie ihren Angaben nach gerettet. Irgendetwas an der Geschichte erscheint mir allerdings faul.«

Mir wird flau im Magen. »Hat sie ihren Namen genannt?«

Taylor schüttelt den Kopf. »Nein, das hat sie nicht.«

Kapitel XI

Die Pflicht

Azraelle

Das metallische Klacken an der Tür kündigt die Ankunft meiner Herrin an. Endlich! Es fühlt sich an, als säße ich schon seit Tagen hier unten in der Dunkelheit. Das hereinfallende Licht blendet mich. Ich robbe sofort zu meiner Herrin hin und küsse inbrünstig ihre Füße. Meine Ketten klirren und die Lady weicht zur Seite, um mir mit ihren Lackstiefeln einen Tritt in die Lenden zu verpassen. Sie ist also immer noch sehr wütend auf mich. Aber hoffentlich nicht mehr ganz so sehr wie noch bei meiner Rückkehr. Ich hatte mich noch im Eingang ausziehen müssen. Danach peitschte sie mich aus, bis ich das Bewusstsein verlor. Ich kam erst wieder hier unten zu mir. Es war die ganze Zeit über stockdunkel und totenstill, was mich schon nach kurzer Zeit halb wahnsinnig machte.

»Die Häscher waren hier, Azraelle. Du weißt sicher weshalb?«

»Meinetwegen, Herrin?«, wimmere ich.

Die Lady schnaubt verächtlich. »Natürlich deinetwegen, du unwerte Kreatur! Gut nur, dass Whitney und ich alle Spuren in der Bibliothek rechtzeitig beseitigen konnten.

Es hat einiges an Redekunst gebraucht, sie davon zu überzeugen, mir zu helfen und niemandem davon zu erzählen
Was hast du dir bloß dabei gedacht, diesen Polizisten auf-
zusuchen?«

»Ich … Ich habe ihn nicht aufge-… aua!« Die Lady schlägt
mir mit der flachen Hand mitten ins Gesicht.

»Es ist die Wahrheit! Bitte, so glaubt mir doch, Herrin!«
Meine Stimme ist kaum hörbar, klingt schrill und verzweifelt. Ich heule hysterisch, weil ich erwarte, dass sie mir erneut wehtut. Doch als das ausbleibt und ich aufsehe, hat sie
sich zu mir heruntergebeugt und mustert mich kritisch.

»Na gut, lass hören!«

»Er hat mich mitgenommen, Herrin. Mit seinem Wagen.
Er hat plötzlich neben mir gehalten und das Fenster her-
untergelassen. ›Steig ein, Azraelle, du bist in Gefahr‹, hat
er zu mir gesagt. Ich … wollte natürlich erst nicht. Ich darf
das doch nicht. Ich weiß das, Herrin. Doch dann … dann
hat er mich vor den Dämonen der Hölle gewarnt, die mir
schon auf den Fersen seien, und da bin ich mit ihm mit-
gegangen. Zu ihm.«

»Wenn du mir jetzt noch sagst, dass du es mit ihm ge-
trieben hast, du kleine Schlampe, dann bring' ich dich
um!«

»Nein, nein, nein, niemals, Herrin. Er wollte nichts von
mir.« Ich spreche so schnell, dass sich meine Stimme über-
schlägt. »Er hat mich nach oben geschickt und mir gesagt,
ich solle mich verstecken. Und dann ist wirklich jemand
gekommen! Es muss dieser Dämon gewesen sein. Der hat
gegen ihn gekämpft und auf ihn eingestochen. Nachdem
der Dämon weg war, bin ich zu ihm hin, aber er hat mich
wieder hochgeschickt. Ich sollte dort warten, bis die Polizei

kommt. Und dann kam jemand. Ich glaube, es war eine junge Frau. Aber sie war allein und trug keine Uniform. Ich hatte Angst, dass sie auch ein Dämon ist, und bin davongerannt, so schnell ich konnte. Dann bin ich zu Euch zurückgekommen, Herrin. Ich werde nie, nie wieder fortgehen. Ich verspreche es. Ich werde alles tun, was ihr verlangt. Aber …«

Ich fühle eine Hand in meinem Haar und weiche ängstlich zurück, doch die Hand folgt mir unerbittlich. Mein Kopf wird leicht nach oben gezogen und ich schaue zu meiner Herrin auf. Sie wirkt nicht mehr ganz so wütend.

»Das war dumm, Azraelle.«

»Ja, Herrin, das war dumm von mir und ich war unfolgsam. Ich habe jede Strafe verdient, die Ihr mir schenkt.«

»Genau, das hast du. Aber du hast deinen Auftrag ausgeführt und ich weiß, wie schwer das für dich war. Am Ende ist ja nichts Schlimmes passiert. Daher bin ich gnädig mit dir.«

»Oh, danke, Herrin. Danke, danke, danke.« Ich küsse ihre Füße wieder und wieder, bis sie mir befiehlt, damit aufzuhören. Sie schließt meine Ketten auf. Dann darf ich erst die Zelle reinigen und danach auch meinen Körper. Whitney kocht mir sogar Abendessen und bringt mich danach ins Bett. Mir fällt sofort auf, dass der Deckel der Spieluhr offen steht. Den habe ich nicht offen gelassen. Das weiß ich.

»War jemand in meinem Zimmer, Whitney?«

Die Haushälterin sieht mich irritiert an. »Nein, natürlich nicht. Wer sollte denn hier gewesen sein, Azraelle?«

Ich erwidere nichts, schlüpfe unter die Decke, ziehe die Spieluhr auf und schlafe bald darauf ein.

Am nächsten Morgen sitzt die Lady im Sessel neben meinem Bett. Ich stehe rasch auf und knie mich vor sie hin. Noch immer erwarte ich eine Ohrfeige oder eine andere Strafe, doch stattdessen streichelt sie sanft meine Wange. »Wir müssen uns unterhalten, kleine Azraelle.«

»Ja, Herrin. Habe ich noch etwas falsch gemacht?«

»Nein, Wir müssen über deine Zukunft sprechen.«

»Meine … Zukunft, Herrin? A-aber meine Zukunft ist doch hier bei Euch?« Mein Herz setzt einen Schlag aus und meine Hände werden feucht und kalt. *Will mich meine Herrin etwa nicht mehr bei sich haben, weil ich sie enttäuscht habe?*

»Natürlich, mein Kind.« Ich bin erleichtert über diese Antwort. »Aber du bist eine erwachsene Frau und du hast eine Pflicht zu erfüllen. Eine ausgesprochen wichtige sogar.«

»Ja, ich muss in Eurem Auftrag die Dämonen töten, Herrin.«

»Das ist nur ein Teil deiner Pflicht, Azraelle. Es gibt noch einen weitaus wichtigeren.«

»Ich erfülle jede Pflicht, die Ihr mir auferlegt, Herrin.«

»Das erwarte ich auch von dir, Azraelle. Trotzdem, es ist etwas völlig anderes als alles Bisherige.«

Meine Anspannung steigt. »Bitte sagt es mir, Herrin.«

»Ein Kind, Azraelle.«

»Ein … ein Kind?«

»Genau, ein Kind. Und mein Bruder soll sein Vater sein.«

Ich knie mit offenem Mund vor meiner Herrin und weiß nichts mehr zu sagen.

»Ja, ich weiß, Azraelle. Das macht dir Angst. Aber ich versichere dir: Er ist ein sehr freundlicher und guter Mann.

Er ist hier in der Nähe Pfarrer.« Die Lady nimmt ihre Halskette mit dem Medaillon ab und reicht es mir. Ich greife danach und öffne es mit zittrigen Fingern. Beim Anblick des Fotos, welches zum Vorschein kommt, gebe ich ein freudiges Quieken von mir. Er wirkt zwar jünger auf dem Bild, aber er ist es ohne jeden Zweifel. Reverend Jordan Hale, der Mann, mit dem ich nach meinem letzten Mord Sex hatte, ist der Bruder meiner Herrin! *Oh mein Gott!* Soll ich ihr sagen, dass ich ihn bereits kenne? Dass ich mit ihm geschlafen habe?

»Oh, er gefällt dir? Umso besser!« Meine Herrin lächelt erfreut. »Wichtig ist allerdings, dass er nichts über mich erfährt, Azraelle. Absolut gar nichts. Hast du verstanden?«

»Ja, Herrin.« Ich weiß nicht, was ich davon halten soll. Mir wird gerade bewusst, was Jordan mir über seine Schwester erzählt hat.

»Ich habe dich die Kunst der Verführung gelehrt. Dieses Mal musst du nun einfach zu Ende führen, wo du bisher immer aufgehört hast. Ihn sollst du auch nicht töten. Oder zumindest erst, wenn er seinen Zweck erfüllt hat.«

»Soll ich heute zu ihm, Herrin?« Ich freue mich unbändig darauf, Jordan Hale wiederzusehen, und das sogar mit Erlaubnis meiner Herrin. Ja, ich habe sogar die Pflicht, das Allerschönste mit ihm zu tun, was Gott den Menschen aufgetragen hat. Das macht mich ganz hibbelig.

Meine Herrin lacht. »Einen Moment, Azraelle, nicht so schnell! Vorher habe ich noch eine andere Aufgabe für dich. Sobald du diese erledigt hast, darfst du dich der anderen widmen.«

»Welchen Wunsch darf ich Euch denn zuvor noch erfüllen, Herrin?«

Die Lady lehnt sich zurück und klopft einladend auf ihren Schoß. Ich setze mich auf ihre Schenkel und lasse die Beine seitlich über die Lehne baumeln. Die Lady schlingt einen Arm um mich, hält mich wie ein Kind und erklärt mir meinen nächsten Auftrag.

Kapitel XII

Das Attentat

Es ist sicher nicht meine leichteste Übung, aber im Grunde macht es für mich keinen Unterschied, wen ich beseitige. Was meinen heutigen Auftrag so einzigartig und schwierig macht, ist die Berühmtheit meiner Zielperson. Nathan Benedict-MacAndrew ist der Sohn von Premierministerin Ginnifer Benedict und der vorerst letzte Dämon, dem ich mich widmen soll, sagt meine Herrin. Er gilt als Lebemann und liebt das Scheinwerferlicht. Eine solche Person bekommt man nicht so leicht zu fassen, selbst als attraktive junge Frau nicht. Mich einfach an der Bar an ihn heranzumachen, wird nicht funktionieren, weil er von seinen Bodyguards abgeschirmt wird, und ich darüber hinaus noch jede Menge Konkurrentinnen habe, die um seine Gunst buhlen. Aber Männer wie Nathan haben alle denselben Fehler: Sie sind eitel. Gib ihnen das Gefühl, sie zu vergöttern, und du hast sie in der Hand. Ich beobachte das Geschehen ums und im Hotel zwei volle Tage lang. Dann weiß ich Bescheid. Nathan Benedicts Hauptwohnsitz ist in einem schottischen Schloss. Es ist das Elternhaus seiner Frau. Die Beziehung ist allerdings – wenn man der Klatschpresse Glauben schenken kann – relativ angespannt. Ob seine ständigen Ausflüge nach London Ursache oder Wirkung dieser Spannungen sind, wird immer wieder heiß diskutiert. Genauso wie die ständig wechselnden Begleiterinnen, mit denen er in der Hauptstadt gesehen wird.

Obwohl ich bereits nach zwei Tagen einen Plan habe, muss ich mich weitere drei gedulden, um ihn ausführen zu können.

An diesem Abend beobachte ich zufrieden, wie Nathan Benedict sich in der Bar mit der hübschen Blondine verkracht, die ihn die letzten Tage über begleitet hat, und die danach wutentbrannt das Hotel verlässt. Er trinkt seinen Whisky auf ex und geht danach zum Aufzug. Natürlich habe ich mich bereits informiert, wo er residiert: in der Präsidentensuite. Auch das macht die Aufgabe nicht einfacher. Zielstrebig gehe ich zwei Stockwerke die Treppe hinunter in den Keller. Hier befindet sich die Wäscherei. Dort habe ich mir schon vor zwei Tagen die Kleidung eines Zimmermädchens ausgeborgt, die ich anschließend in einem Feuerlöschposten versteckt habe. Ich hole das Paket heraus, um damit auf der nächstgelegenen Damentoilette zu verschwinden, wo ich mich in eine Hotelangestellte verwandle. Das Oberteil spannt leicht über meinen Brüsten und mein Po findet nur knapp in dem Kleidchen Platz. Meine weiblichen Reize kommen also eindeutig zur Geltung, ohne sie gleich allzu offensichtlich zur Schau zu stellen. Die langen, dunklen Haare stecke ich zu einem züchtigen Dutt hoch, lasse aber eine Strähne übrig, die sich neckisch an mein Gesicht schmiegt. Meine ohnehin schon tiefgründigen, braunen Augen schminke ich eine Spur zu dunkel, um mir einen verwegenen Gothic-Touch zu verleihen, und mein tiefroter Lippenstift rundet meine Rolle ab. Ich bewege meinen Kopf kurz nach rechts und links, mustere mich dabei, probiere mein verführerisches Lächeln aus und verlasse danach zielstrebig die Toilette in Richtung Aufzug.

Das Glück ist mir hold. Unterwegs wartet ein Servierwagen mit einer Flasche Champagner auf mich, den ich mir kralle und nach oben bringe.

Selbstverständlich kann man auch als Zimmermädchen nicht einfach so in die Präsidentensuite stürmen. Nathan Benedict ist vorsichtig. Nicht bei der Anzahl seiner Affären, aber dafür, was seine Sicherheit anbelangt. Der Gorilla vor seiner Tür hält mich auf, bevor ich anklopfen kann. Doch ich lasse mich nicht beirren, weshalb er mich anfassen muss, um mich von meinem Vorhaben abzubringen. Das wiederum quittiere ich mit einem gellenden Aufschrei. »Finger weg! Was soll das?«, keife ich und füge ihm mit meinen dunkel lackierten Fingernägeln einen schmerzhaften Kratzer im Gesicht zu. Der Bodyguard nimmt mich in den Polizeigriff und ich schreie erneut, woraufhin sich die Tür öffnet und ein sportlicher Mann Anfang dreißig im weißen Morgenmantel vor uns steht. »Mister Dickens, hätten Sie vielleicht die Güte, mir zu erklären, was dieser Radau vor meiner Tür soll?«

Der harte Griff um meine Arme lockert sich, was mir die Möglichkeit gibt, mich loszureißen. Wie ein schüchternes Mädchen stehe ich neben dem vierschrötigen Mann, der leicht verdattert nach einer Erklärung sucht. »Sie … sie wollte einfach anklopfen, Sir.«

»Natürlich, Sie Idiot! Sie ist ja auch ein Zimmermädchen, was sollte sie wohl sonst tun?«

»Ich … Ich wollte doch nur Ihre Bestellung hochbringen, Mister Benedict …« Ich reichere meine zuckersüße Mädchenstimme mit einer Spur Weinerlichkeit an, mime aber zugleich auch ganz dezent die Beleidigte. Mit leicht gesenktem Kopf blicke ich Nathan Benedict unterwürfig an. Er mustert mich kurz und setzt ein Lächeln auf. »Ich kann mich zwar nicht erinnern, etwas bestellt zu haben, aber wenn Sie nun schon mal hier sind, sage ich nicht nein.« Er bedeutet mir mit einer einladenden Handbewegung, den Servierwagen in die Suite zu bringen. Ich lasse meine Hände ein wenig zittern, als ich nach dem Wagen greife, und husche hinein, als müsste ich vor dem Bodyguard flüchten. Von drinnen höre ich, wie der von Benedict leise, aber mit ausgesprochen deutlichen Worten zusammengestaucht wird, und lache in mich hinein. *Das war einfach.*

Ich weiß nicht, ob meine laszive Pose beim Öffnen der Champagnerflasche wirklich nötig gewesen wäre, denn als ich mich umdrehe, hat Nathan Benedict die Tür bereits geschlossen und kommt auf mich zu.

»Entschuldigen Sie bitte die schlechten Manieren meines Bodyguards, Miss. Es ist schwierig, für diese Aufgabe zuverlässige Leute zu finden. Darf ich Sie als Entschuldigung zu einem Gläschen einladen?«

Ich nicke, wobei ich langsam das dümmliche Mädchengetue ablege und mich in den Vamp verwandle, den ich ebenfalls bestens beherrsche.

»Sagst du mir deinen Namen?«, fragt er mich, sobald ich ihm das Glas reiche und mein eigenes hebe.

»Azraelle«, erwidere ich und lasse meinen Augenaufschlag spielen.

Nathan wirkt kurz so, als würde er nachdenken. Darum

lasse ich die Gläser klingen, nehme einen Schluck und übernehme die Führung. Minuten später ist der Morgenmantel weg, Nathan liegt auf dem Bett und ich sitze rittlings auf ihm. Meine Hände gleiten mit sanftem Druck über seine Brust. Ich beuge mich vor und küsse ihn. Meine Lippen suchen sich ihren Weg hinunter und tun dort das, was Männer ganz besonders mögen, und was ich ihnen oft zum Abschied schenke. Sobald ich damit fertig bin, komme ich wieder hoch, ziehe die Beretta hervor und richte sie auf ihn. In diesem Moment öffnet er seine Augen und noch bevor er die Waffe sieht, weiß er, wer ich bin. »Saint George Manor! Von dort kenne ich dich! Du warst das Mädchen mit dem Cello!«

Um ein Haar hätte ich abgedrückt. Doch stattdessen nehme ich den Finger vom Abzug und lasse die Waffe sinken. Der Orden! Er gehört zum Orden! Hat die Lady sich etwa geirrt? Waren unter den letzten Zielpersonen vielleicht noch andere Mitglieder des Ordens? Die Baroness etwa? Habe ich vielleicht Unschuldige getötet? Ich bin wie gelähmt.

»Dickens!«, schreit Nathan und Sekunden später steht der vierschrötige Bodyguard schon neben uns und reißt mich vom Bett. Ich hätte nicht geschossen. Wirklich nicht. Aber es ist sinnlos, das zu beteuern, und so warte ich reglos, bis die Polizei kommt und mich verhaftet.

Kapitel XIII

Die Täterin

Florence

Ich sehe sie durch die Panzerglasscheibe an. Sie ist so unglaublich schön. Selbst im Kleidchen eines Zimmermädchens des Savoy Hotels strahlt sie Erhabenheit aus. Ich bin mir nicht sicher, ob es allen so geht, wenn sie Azraelle gegenüberstehen. Ich jedenfalls möchte mich am liebsten vor ihr niederknien und sie anbeten. Ihr Anblick wirkt magisch auf mich, selbst in Handschellen und an den Verhörtisch gefesselt.

Es hat einiges an Überredungskünsten gebraucht, Inspector Taylor davon zu überzeugen, mich das erste Verhör mit ihr führen zu lassen. Da sie nun aber nebst ihrem eigenen Job auch noch den von Briggs an der Backe hat und den, im Gegensatz zu ihm, ernst nimmt, ist sie notorisch überlastet, weshalb sie letztlich doch eingewilligt hat.

Ich stehe schon mindestens zwanzig Minuten vor dieser dämlichen Scheibe und rede mir ein, mich damit professionell zu verhalten, weil man Verdächtige mit Warten schon vor dem Verhör nervös machen kann. In Wirklichkeit habe ich Angst. Ich weiß absolut nicht, was dieses faszinierende Wesen im Verhör mit mir machen wird. Ich fürchte, sie wird das Gespräch bestimmen und nicht ich. Letztlich reiße ich mich dann doch los, denke nicht mehr nach, verlasse den Beobachtungsraum und trete mit strammem Schritt in das Verhörzimmer.

Azraelle wendet sich mir sofort zu und lächelt mich an. »Guten Morgen, Florence. Es ist schön, dich wiederzusehen.«

»Constable Cunningham, bitte«, erwidere ich bestimmt. Doch in meiner Stimme schwingt jede Menge Unsicherheit mit. Azraelle verzieht keine Miene und lächelt mich weiterhin an.

Ich setze mich ihr gegenüber, öffne die Akte und blättere planlos darin herum. *Mist! Womit soll ich bloß anfangen?* Ich versuche, mich zu konzentrieren.

»Gut, beginnen wir mit den Formalitäten. Nennen Sie mir bitte Ihren Namen.«

»Du kennst meinen Namen, Florence.«

»Für Sie immer noch Constable Cunningham, bitte. Und nein, das tue ich nicht.«

»Nun gut.« Sie reagiert sehr gelassen. »Azraelle.«

Ich blicke auf. Sie ist so unglaublich. Ihre Augen, dieses perfekte, ebenmäßige Gesicht. Ich möchte sie küssen.

»Nach-, äh, Nachname?«, hauche ich.

»Kein Nachname. Einfach Azraelle.«

Ich erinnere mich an meine erste Nacht mit Emily. Ich bin ein Engel, hat Emily zu mir gesagt. Ist Azraelle womöglich auch einer? Ich habe mich nie sonderlich für Religion interessiert, aber Azrael ist doch der Engel des Todes, soviel ich weiß.

»Sind Sie ein Engel, Azraelle?« *Meine Güte, was frag' ich da für einen Scheiß?*

»Ich weiß es nicht, Florence. Ich weiß nur, dass ich eine wichtige Aufgabe zu erfüllen habe.«

»Den Sohn der Premierministerin umzubringen?« Endlich bringe ich eine kritische Frage über die Lippen.

»Nein, das war zwar mein Auftrag, aber mit dem stimmte etwas nicht. Deshalb habe ich ihn nicht ausgeführt.«

»Und haben sich einfach verhaften lassen?«

»Es ist nicht richtig, wenn Unschuldige zu Schaden kommen.«

»Ach? Und wer entscheidet darüber, wer schuldig ist?«

»Der Orden.«

»Welcher Orden?«

»Der Orden, dem ich diene.«

»Nennen Sie mir bitte Namen.«

»Ich kenne nur Martin Dowland-Hale. Das ist der Name seiner Lordschaft.«

»Wo kann ich ihn erreichen?«

»Im Jenseits.«

Ich schlucke leer. Hat sie gerade wirkliche einen weiteren Mord zugegeben? »Haben Sie ihn umgebracht, Azraelle?«

Zum ersten Mal wirkt Azraelle unsicher. »Es war ein Auftrag der Lady. Sie hat gesagt, es müsse sein. Sie belohnt mich immer, wenn ich ihre Aufträge ausführe. Das, was sie dann mit mir tut, ist so wunderbar.« Beim letzten Satz hat sie ein Leuchten in ihren Augen.

»Lady … Mephista …?«

»Ich kenne ihren Namen nicht. Ich kenne auch keine Namen von weiteren Mitgliedern des Ordens. Ich kenne auch nicht ihre Gesichter. Sie trugen alle Masken.«

»Masken …«, flüstere ich tonlos. *Ist das irgendeine perverse Sekte, oder was?*

»Mit einer Ausnahme.«

Mit einem Mal blicke ich auf.

»Da war dieser Polizist. Er wollte mir helfen. Doch ein Dämon hat ihn getötet, bevor er das tun konnte.«

»Briggs.« Ich lasse mich in meinem Stuhl nach hinten fallen. Er wollte Azraelle beschützen und mir mitteilen, nun dasselbe zu tun. Ich verstehe zwar noch nicht genau wieso, aber ich vertraue ihm. Offenbar war er in etwas wirklich Großes involviert. Etwas, das ein einfacher Mensch nicht versteht.

Das, was ich von diesem Augenblick an tue, geschieht wie von selbst.

»Steh auf, Azraelle.«

»Bitte?«

»Steh bitte auf!«

Azraelle erhebt sich erstaunt und ich schließe ihre Handschellen auf. Dann packe ich sie am Arm und führe sie aus dem Verhörzimmer. Ich blicke vorsichtig nach links und rechts, dann eilen wir den Flur entlang zum Notausgang. Die Türe hinaus ist nur angelehnt. Ich treffe mich hier hin und wieder mit ein oder zwei anderen Polizeibeamten, um heimlich eine Zigarette zu rauchen. Besonders dann, wenn Briggs mich mal wieder auf die Palme gebracht hat.

»Hier geht es zur Feuertreppe. Sieh zu, dass dich niemand sieht. Ich wünsche dir alles Gute bei deinem Auftrag, Azraelle.«

»Du lässt mich laufen? Aber was geschieht dann mit dir?«

»Geh jetzt, bevor ich es mir anders überlege! Ich vertraue Briggs.«

Azraelle sieht mich einen kurzen Moment mit einem unergründlichen Blick an. Dann küsst sie mich auf die Lippen und ich schließe die Augen. Als ich sie wieder öffne, ist die schönste Frau, die ich je gesehen habe, verschwunden und ich frage mich, ob ich geträumt habe.

Nein, ich habe nicht geträumt, leider. Ich sitze noch immer wie benommen im Verhörzimmer, als Charleen Taylor plötzlich den Kopf hineinstreckt. »Wo ist denn Ihre Verdächtige, Cunningham?«

Ich blicke stur geradeaus. »Ich … ich habe sie … laufenlassen, Sir.« Meine Stimme hat kaum Klang. Sie wirkt blechern und schwach.

»Sie … haben … was?!«

»Ich habe sie laufenlassen.« Dieses Mal ist meine Stimme sicherer.

»Sind Sie verrückt? Was haben Sie sich dabei gedacht, Cunningham? Sie lassen eine Mordverdächtige einfach so frei?«

»Ich musste es tun, Sir«, erwidere ich. »Es war Briggs' Wunsch, dass ich ihr helfe.«

»Sie sind offensichtlich nicht mehr ganz bei Trost, Cunningham! Mir fehlen gerade die Worte. Geben Sie mir Ihre Dienstmarke und Ihre Waffe, Constable. Los! Ich suspendiere Sie hiermit und garantiere Ihnen, das wird kein vorübergehender Zustand sein, nach so einer Nummer!«

Ich nehme es ihr nicht einmal übel. Mechanisch ziehe ich meine Waffe hervor, entlade sie und lege sie hin. Daneben platziere ich meine Dienstmarke und stehe auf. Ich lasse sanft meinen Zeigefinger über die Marke streifen und schlucke leer. »Ich kann es nicht erklären, Inspector. Ich musste es einfach tun. Es tut mir leid, Sie so sehr enttäuschen zu müssen.«

Taylor zeigt keine Regung. Ich verlasse das Verhörzimmer und gehe hinunter auf die Straße.

Kapitel XIV

Flucht ins Verderben

Mir ist meine kleine, schäbige Wohnung immer peinlich gewesen. Darum habe ich nie jemanden mit zu mir nach Hause genommen. Ich habe bloß ein einziges winziges Zimmer und nicht einmal einen Balkon. In meiner Miniwohnung findet nicht mehr Platz als ein Bett, ein Esstisch, der auch zum Arbeiten dient und deshalb immer mit allem möglichen Krempel überladen ist, und eine kleine Kochnische. Aber jetzt, wo es darum geht, mich von meinem Zuhause zu verabschieden, werde ich sentimental. Ich kenne das von mir eigentlich nicht. Aber es ist ja auch nicht so wie damals, als ich aus dem Waisenhaus ausgezogen bin. Da habe ich nichts zurückgelassen, was mir wichtig gewesen wäre. Diesmal hingegen lasse ich buchstäblich mein ganzes Leben zurück, das ich mir so hart erarbeitet habe. Der ganze Escort-Scheiß, das Studium, der Kampf um einen ordentlichen Praktikumsplatz, alles umsonst.

Außer Schulden ist nun nichts mehr da. Bis auf einen Rucksack mit Klamotten und dem Allernötigsten habe ich den kläglichen Rest meiner Habe entweder vertickt oder entsorgt. Es ist nicht so, dass ich keine andere Wahl als den

Gang in die Obdachlosigkeit habe, aber ich will nicht, dass der Staat noch ein zweites Mal für mich sorgt. Er hat es schon beim ersten Mal nicht besonders gut hinbekommen. Mein ganzes Leben war ein Kampf, und ich will einfach nicht mehr länger kämpfen.

Ich drücke meinem Vermieter die Schlüssel in die Hand, bekomme von ihm 120 Pfund für meine Möbel und stehe zwei Minuten später auf der Straße.

So schlimm der Abschied von meinem Zuhause auch war, das, was nun folgt, wird noch um einiges schlimmer. Ich bin bereits eine halbe Stunde zu spät dran, aber seit meiner Suspendierung hat Zeit für mich keine wirkliche Bedeutung mehr. Das bekommt auch Emily zu spüren, die immer überpünktlich ist und nun sicher schon ewig in meinem Lieblingspub auf mich wartet.

Es ist nicht weit von meiner Wohnung bis zum »Elephant Pub«, darum gehe ich zu Fuß. Ich stoße die Tür auf und sauge ein letztes Mal die gemütliche Atmosphäre dieses Ortes in mich auf. Schwere, dunkle, alte Holztische, der omnipräsente Geruch nach Fish and Chips, das gedämpfte Licht, das durch die farbigen Fenster in den schummrigen, bis auf wenige Gäste leeren Raum fällt.

Ich brauche mich nicht lange umzusehen, bis ich sie finde. Emily sitzt allein an einem Vierertisch am Fenster und schaut hinaus. Sie hat ein beinahe leeres Pint von meinem Lieblingsale vor sich, obwohl sie eher der Cider-Typ ist, und ich sehe ihr an, dass sie geweint hat. Es versetzt mir einen Stich ins Herz, meinen Engel so traurig zu sehen.

»Miss?« Der Mann hinter der Theke holt mich in die Gegenwart zurück. Ich bestelle ein weiteres Pint für Emily und einen doppelten Whisky für mich. Dann gehe ich zu ihr.

Ich komme kaum dazu, die Gläser abzustellen, da schnellt sie schon von ihrem Platz hoch, greift nach meinem Kopf, zieht mich über den Tisch zu sich und küsst mich. Sie will ihre Zunge gar nicht mehr von meiner lösen, und so muss ich sie fast ein wenig zurückweisen.

Wir setzen uns und einige Augenblicke schwebt eine bleierne Stille über dem Tisch.

»Warum hast du nicht geantwortet?«, durchbricht Emily schließlich das Schweigen. Es klingt nicht nach einem Vorwurf. Ich kann förmlich spüren, wie sie unter meiner Zurückweisung leidet. Sie hat mir unzählige Nachrichten auf mein Mobiltelefon geschickt, solange ich es noch hatte, hat mich angefleht, mich bei ihr zu melden, mir von ihr helfen zu lassen. Sie hat auch mehr als einmal vor meiner Tür gestanden, aber ich war nicht in der Lage, ihr aufzumachen.

»Ich will dich schützen, Emily. Ich tu dir nicht gut. Ich will nicht, dass dir dasselbe widerfährt wie mir, mein Engel.«

»Aber was sagst du da, Flo? Es ist doch nichts verloren! Lass mich dir doch helfen! Du kannst zu mir ziehen. Ich kann problemlos für uns beide sorgen, bis du eine Arbeit gefunden hast. Was soll schon …«

»Ich habe bereits eine Arbeit, Emily. Es ist Zeit, dass du erfährst, wer deine Flo wirklich ist. Ich bin eine Nutte, und das schon seit Jahren. Escort-Girl klingt bloß nobler, aber in Wirklichkeit habe ich meine Studiengebühren durch Prostitution finanziert. Ich habe ein Suchtproblem. Oxycodon. Ich hatte es die letzten Jahre über ziemlich im Griff, aber seit meiner Suspendierung ist es schlimmer geworden. Die gängigen Apotheken kennen mich inzwischen und die meisten nehmen mein Rezept schon gar nicht mehr an, weil sie seine Echtheit anzweifeln. Wenn du bei mir bleibst, Emily, hast du keine Zukunft. Ich werde dir nur Unglück bringen.«

»Aber das ist doch alles nicht wahr, Flo! Gut, vielleicht bist du ein Escort-Mädchen.« Emilys Augen füllen sich mit Tränen. Ihre Stimme bebt. »Daran ist doch nichts Schlimmes! Und Sucht kann man therapieren. Du bist deswegen nicht verloren! Auch Taylor will dir helfen. Ich habe mit ihr gesprochen. Sie hat schwer an deiner Suspendierung zu beißen. Du bist nicht allein, Flo. Wir alle wollen dir helfen!«

Ich greife nach Emilys Hand. »Ich bin hergekommen, um Lebewohl zu sagen, Emily. Ich habe nur noch eine letzte Bitte an dich.«

»Ja?« Emily sieht mich hoffnungsvoll an.

»Briggs hat mich gebeten, Azraelle zu beschützen. Du weißt schon, meine Verdächtige. Zumindest habe ich es so verstanden. Das habe ich getan, soweit ich es konnte. Darum bitte ich dich, diese Aufgabe für mich zu übernehmen. Bitte kümmere dich um Azraelle. Auch wenn ich nicht weiß, warum, so weiß ich doch, dass sie wichtig ist. Sie hat den Engel verdient, den ich nicht verdiene.«

Emily kann ihre Tränen nicht mehr zurückhalten und weint nun hemmungslos. Ich ertrage es nicht länger, ihr wehzutun, trinke meinen Whisky auf ex und stehe auf. »Leb wohl, Emily.« Damit drehe ich mich um.

»Flo?« Emilys Stimme lässt mich innehalten. Sie wirkt wieder stärker. Ich blicke nochmals zurück.

»Du wirst immer mein Engel bleiben, Flo. Egal was geschieht.«

Ich schenke ihr ein Lächeln und gehe.

Alles, was ich von diesem Moment an tue, geschieht wie

von selbst. Ich steige in den Bus. Mein Ziel ist der Bahnhof King's Cross. Nein, nicht das Gleis neundreiviertel, aber dennoch auch ein Tor zu einer anderen Welt, einer weitaus weniger zauberhaften, aber mindestens ebenso gefährlichen. Ich kenne diese Ecke aus meinen Praktika bei der Sitte und der Drogenfahndung. Ersteres mochte ich nicht, weil mein Nebenjob hier besonders leicht zum Risiko werden konnte und Letzteres machte mir immer Angst, weil ich wusste, wie gefährdet ich bin, wenn es um Drogen geht. Ich habe mir stets Mühe gegeben, dem Zeug so gut wie möglich fernzubleiben und mich mit Oxycodon begnügt. Aber seit ich bei der Drogenfahndung war, weiß ich, wo ich was finden kann, und Oxycodon gibt mir – mal davon abgesehen, dass ich es kaum mehr bekomme – nicht mehr das, was ich brauche.

Der schlaksige Kleindealer am King's Cross erkennt mich tatsächlich wieder. Einmal war ich mit von der Partie, als er verhaftet wurde. Deshalb will er natürlich sofort abhauen, als er mich sieht. Ich schnappe ihn mir, zerre ihn in eine dunkle Ecke und flüstere ihm das wohl Letzte ins Ohr, was er von mir erwartet hätte: »Ich bin hier, weil ich was brauche, nicht um dich zu verhaften. Sag schon, was du mir für 120 Pfund geben kannst. Dann lass' ich dich los.«

Er macht nicht mal Anstalten, mich übers Ohr zu hauen, sondern bietet mir für den genannten Preis eine stattliche Menge Heroin. Ich lasse ihn los, er reicht mir das Päckchen und wir schlendern zurück an den Platz, wo er zuvor auf Kunden gewartet hat.

»Bist du denn nicht mehr bei den Bullen?«, fragt er mich beiläufig, aber lauter als nötig, was mich irritiert.

»Lange Geschichte und ich habe nicht vor, sie zu erzählen.« Ich ziehe den Gürtel aus meiner Hose, setze mich auf den Boden, kremple meinen Ärmel hoch und versuche, mir den Arm abzubinden. Ich hantiere derart planlos mit Löffel, Zitronensaft und Feuerzeug, dass einer der anderen umherstehenden Typen auf mich aufmerksam wird und zu mir rüberkommt. Ich habe das Gefühl, er hat mich bereits vorher beobachtet. »Na, wen haben wir denn da? Brauchst du Hilfe, junge Schönheit? Ich bin übrigens Vlad.« Trotz der plumpen Anmache ist er mir nicht gänzlich unsympathisch. Er ist groß, stark und wirkt nicht, als wäre er der hinterletzte Vollpfosten.

»Hi Vlad, ich bin Florence. Und ja, es wäre nett von dir, wenn du mir helfen würdest.«

Vlad lächelt freundlich, greift sich Dope und Werkzeug und macht mir mit geübter Hand meine erste Spritze bereit.

Ich weiß nicht, warum ich es tue, aber ich breite in den nächsten Minuten mein ganzes Leben bereitwillig vor Vlad aus, obwohl das sicher das mit Abstand Dümmste ist, was ich in diesem Moment tun kann.

Er hört mir geduldig zu. Dann zieht er den Gürtel um meinen Oberarm kräftig an, klopft ein paarmal auf meine Armbeuge und setzt die Nadel an. Ich muss meinen Blick abwenden, als die Kanüle in meine Vene eindringt.

»Gute Reise«, höre ich Vlad säuseln. Dann lockert er den Gürtel und ich bin weg.

Kapitel XV

Empfängnis

Azraelle

Ich fühle mich sofort zu der jungen Polizistin mit den langen blonden Haaren und den großen braunen Augen hingezogen. Nicht körperlich, sondern weil ich eine Verbindung zwischen uns spüre. Wir stehen uns vor dem Sofa in der Bibliothek gegenüber und Whitney serviert uns Tee. Auf dem Salontischchen liegt noch immer mein positiver Schwangerschaftstest, den ich vor ein paar Tagen gemacht habe. Dass ich etwas derart Intimes so offen präsentiere, stört mich nicht. Wahrscheinlich, weil die Lady mich dafür gelobt hat. Sie hat mich die vergangenen Tage über richtiggehend verhätschelt. Dann ist sie auf einmal gegangen. Sie müsse nun für längere Zeit verreisen und möglicherweise würde die Polizei mich irgendwann abholen kommen, hat sie gesagt. Vielleicht aber auch nicht, denn sie wüssten ja nicht, dass ich hier wohne. Falls sie kommen würden, solle ich keine Angst haben und einfach tun, was sie sagen. Mir werde nichts geschehen. Ich soll nur an das Kind in meinem Leib denken, das sei jetzt das einzig Wichtige. Sie werde mich aus dem Gefängnis holen, sobald es ihr möglich ist. Dann hat sie mich auf die Stirn geküsst und ist gegangen.

Es hat danach nicht lange gedauert, bis sie da war: Detective Constable Emily Michaelis. Whitney hat ihr die Tür geöffnet und sie direkt in die Bibliothek geführt, wo ich gerade Cello gespielt habe. Sie hat sich auf das Sofa gesetzt und mir geduldig zugehört, bis ich den Bogen aus der Hand gelegt habe. Dann bin ich aufgestanden und zu ihr herübergegangen.

Ich warte mit meiner Frage, bis Whitney die Bibliothek verlassen hat. Warum ich mir so sicher bin, weiß ich nicht, aber ich ahne, woher unsere tiefe Verbundenheit kommt. »Du bist meine Schwester, nicht wahr?«

Emily Michaelis nimmt mich in die Arme. »Ich habe dich all die Jahre so sehr vermisst, Azraelle.«

Wir stehen einige Minuten eng umschlungen da und sagen beide kein Wort. Ich glaube, Emily weint. Als wir uns aus der Umarmung lösen, muss ich es wissen. »Hast du die ganze Zeit über gewusst, wo ich bin? Hast du gewusst, wie es mir geht?«

Emily wischt sich die Tränen aus den Augen und schüttelt den Kopf. »Nein, das wusste ich nicht. Das durfte ich nicht wissen, weil es viel zu gefährlich gewesen wäre. Hätte mich einer der Dämonen zu fassen bekommen und aus mir herausgequetscht, was ich weiß, wäre alles umsonst gewesen.«

»Was wäre umsonst gewesen?«

Wir setzen uns aufs Sofa. Sie greift nach der Teetasse und nimmt einen Schluck. »Wir sind Engel, Azraelle. Ich weiß, wie verrückt das klingt, wenn man es zum ersten Mal hört, aber es ist so. Unsere Aufgabe ist es, den Messias auf die Erde zu bringen. Wir sind aber leider nicht die Einzigen, welche die Zukunft beeinflussen wollen. Die Dämonen der Hölle arbeiten gleichzeitig mit Akribie daran, den Antichristen in die Welt zu setzen und den Messias zu töten. Unsere Eltern wussten genau, dass unsere Mission schwierig werden würde. Um die Chance zu vergrößern, dass zumindest eine von uns Erfolg haben wird, war es wichtig, uns zu trennen.«

Emilys Blick fällt auf den Teststreifen auf dem Tisch.

»Der Vater meines Kindes ist Reverend Jordan Hale«, sage ich mit belegter Stimme. »Der Bruder meiner Herrin.«

»Mephista?«

»Genau.«

Emily denkt nach.

»Ist … mein Kind der Antichrist?« Tränen steigen mir in die Augen.

»Oder der Messias. Möglicherweise ist es auch beides. Ich weiß es nicht, Azraelle. Mephista hat all die Jahre nicht erkannt, wer oder was du wirklich bist. Sie hat in dir nur das Gefäß gesehen, in dem der Antichrist heranreifen soll, da sie selbst offenbar nicht das Glück hatte, Kinder bekommen zu können. Ich weiß nicht, was am Ende sein wird, aber ich weiß, dass wir dein Kind beschützen müssen, und darum bringe ich dich jetzt von hier weg.«

»Ins Gefängnis?«, frage ich ängstlich, denn obwohl mich meine Herrin vorgewarnt hat, macht mir dieser Gedanke schreckliche Angst. Vor allem, da ich Lady Mephistas wahres Ich langsam erkenne.

»Nein. An einen sicheren Ort, Azraelle.«

Ich bin davon überzeugt, dass alles, was Emily mir erzählt hat, wirklich die Wahrheit ist, und so folge ich ihr, ohne zu zögern, zur Tür. Zu meinem Erstaunen hat Whitney bereits eine Reisetasche für mich gepackt und wartet im Eingangsbereich auf uns. Ob sie das wohl von sich aus oder auf Geheiß der Lady getan hat?

Whitney hat beim Abschied tatsächlich Tränen in den Augen! Ich habe die Haushälterin seiner Lordschaft noch nie weinen sehen. Sie umarmt mich, küsst mich auf die Wange und flüstert: »Pass gut auf dich auf, meine kleine Azraelle. Ich hoffe, wir sehen uns bald wieder.«

Auf dem Hof steige ich in Emilys roten Mini Cooper und wir fahren los.

»Schade, dass ich mein Cello nicht mitnehmen kann«, murmle ich und sehe, dass Emily wieder Tränen in den Augen hat. Aber dieses Mal wirkt sie nicht ergriffen, sondern eher niedergeschlagen und traurig.

»Wir finden ein Instrument für dich, versprochen«, flüstert sie und dreht den Zündschlüssel.

»Warum weinst du, meine große Schwester?«

Emily presst die Lippen zusammen. Dann erwidert sie: »Ich habe auch etwas verloren, das mir sehr wichtig ist, Azraelle. Jemanden, besser gesagt. Ich weiß nicht, ob ich sie je wiedersehen werde. Ich habe gerade so schreckliche Angst um sie.«

»Wer ist sie denn?«, frage ich und lege meiner Schwester sanft die Hand auf die Schulter.

»Ein Engel. Sie ist *mein* Engel.« Tränen laufen über ihr Gesicht, während wir den Ort verlassen, der über viele Jahre mein Zuhause gewesen war.

»Ein Engel wie wir?«

»Leider nein, fürchte ich.« Emily weint auf der ganzen Fahrt immer wieder von neuem. Ich will sie nicht mit meinen Fragen quälen. Vielleicht haben wir Zeit zum Reden, wenn wir angekommen sind.

Die Fahrt dauert fast sechs Stunden, aber ich genieße jede Minute davon, auch wenn – oder vielleicht, gerade weil –

wir in dieser Zeit kaum ein Wort wechseln. Mir genügt es völlig, mit meiner Schwester zusammen zu sein.

Schließlich erreichen wir die Küste, wo ich zum ersten Mal in meinem Leben das Meer sehe. Emily parkt ihren Wagen vor einem hübschen, weiß gestrichenen, alten Haus mit Veranda und einer Schaukel an Ketten. Ich steige aus und verliebe mich auf der Stelle in diesen Ort.

»Das ist das Ferienhaus unserer Eltern«, flüstert Emily mir zu. »Wir sind häufig hier gewesen. Du leider nur wenige Male. Darum kannst du dich wohl kaum daran erinnern.«

Die Sonne ist vor einigen Minuten untergegangen und ich stelle mir vor, wie schön es hier erst im Sonnenschein sein muss.

»Sind sie hier? Unsere Eltern?«, frage ich schüchtern.

Meine Schwester zögert. »Sie sind gestorben, Azraelle. Im Kampf gegen die Hölle. Es tut mir so leid.«

Ich versuche, den Kloß in meinem Hals herunterzuschlucken, erkenne dann aber, dass ich das hier nicht mehr muss. Ich muss mich nicht mehr beherrschen. Stattdessen drehe ich mich zu meiner Schwester um, die mich zärtlich in den Arm nimmt. Einerseits bin ich gerade wahnsinnig traurig, andererseits fällt in diesem Moment auch eine gewaltige Last von mir ab. Es ist vorbei! Ich bin jetzt zu Hause.

Emily führt mich um das Haus herum und zeigt mir das Grab unserer Eltern. Bevor ich fragen kann, spüre ich plötzlich, dass noch jemand hier ist. Ich drehe mich um und da steht Jordan Hale vor mir. Auch er umarmt mich und so stehen wir lange schweigend vor dem Grabstein, bis die Dunkelheit die Inschrift verschwinden lässt.

Emily kann leider nur bis zum folgenden Morgen bei uns bleiben, dann muss sie zurück nach London. Auch sie wirkt gelöster als tags zuvor, als sie morgens um sechs in ihren Wagen steigt. Ich glaube, sie vertraut Jordan Hale und sie glaubt, dass ich bei ihm in Sicherheit bin. Ich winke ihr lange nach, auch dann noch, als ihr Mini Cooper nur noch ein kleiner roter Käfer ist, der die Küste entlangkrabbelt.

Kapitel XVI

Die Boten der Apokalypse

Florence

Dass Vlad ein Zuhälter ist, kann ich aus zehn Meilen gegen den Wind riechen. Er hingegen sieht von Anfang an »hilflose Junkie-Nutte« auf meiner Stirn geschrieben stehen, obwohl das vorhin gerade mein erster Schuss gewesen ist, und so nimmt das Unheil bald darauf seinen Lauf. Am Anfang ist Vlad noch nett zu mir. Er nimmt mich mit zu sich nach Hause, wo noch diverse andere Mädchen ständig ein- und ausgehen. Einige sind in männlicher Begleitung, andere allein. Vlads Haus ist riesig und mir ist sofort klar, dass er ein paar der Zimmer hier den Mädchen für die Stunden mit ihren Freiern zur Verfügung stellt. Das finde ich auf eine gewisse Weise sehr anständig von Vlad. Er sorgt für seine Mädchen und bietet ihnen ein sicheres Umfeld.

Jene Mädchen, die allein hier auftauchen, machen auf mich dagegen einen weitaus weniger glücklichen Eindruck. Die meisten von ihnen sind mager und wirken kränklich. Sie erscheinen mit angstvollem Gesicht, drücken Vlad ihre Einnahmen in die Hand und verschwinden schnell wieder, mit Ausnahme derer, denen Vlad es nicht erlaubt. Die bringt er in ein Zimmer im obersten Stock, zu dem ich keinen Zugang habe, und sagt ihnen, sie sollen da auf ihn warten. Eigentlich begreife ich von Anfang an, wie das Spiel läuft, und ich könnte jeder der süßen, kleinen Nutten zeigen, wohin ihre Reise führt. Doch ich tue es nicht und mache jeden Fehler, den sie begehen, auch selbst. Der Unterschied ist nur, ich tue es im Gegensatz zu ihnen im vollen Wissen. Meine Erfahrungen bei der Sitte und der Drogenfahndung haben gereicht, um zu verstehen, wie es läuft.

Eine Junkie-Nutte ist eigentlich kein Vergnügen für einen Zuhälter. Ich bin aber gewissermaßen eine Ausnahme für Vlad, der wahrscheinlich nie und nimmer Vlad heisst. Er ist gebürtiger Engländer, wie er mir später im Bett erklärt, nachdem wir miteinander geschlafen haben. Seinen richtigen Namen nennt er niemandem. Vlad nennt er sich in Anlehnung an Vlad den Pfähler, weil er – wie er behauptet – schon Tausende Mädchen mit seinem Riesenpfahl aufgespießt hat, was ich beides für maßlos übertrieben halte. Er ist ein Großkotz, aber ich bleibe die kommenden Tage trotzdem bei ihm. Er versorgt mich mit sauberem Heroin und ich liege die ganze Zeit über eigentlich nur in seinem Bett rum, bis es ihm letztlich zu dumm wird und er mir zeigt, wo mein Platz ist.

Nun stehe ich also hier bei den anderen Straßennutten, rauche fleißig Zigaretten und warte auf Kunden, die meine Heroinsucht finanzieren. Die Phase, in der ich Kunden in eines der Zimmer von Vlads Haus bringe, habe ich gleich übersprungen. Vor allem auch deshalb, weil Vlad diese Zimmer vorzugsweise nur den »sauberen« Mädchen zur Verfügung stellt, also jenen, die keine Drogen nehmen.

Vlad verabscheut Junkies und beschränkt den Kontakt mit ihnen auf ein absolutes Minimum, namentlich, wenn sie ihm sein Geld bringen, oder, wenn er sie – falls die Einnahmen zu gering sind – bestraft. Bei mir ist das allerdings anders. Es ist nicht so, dass ich nicht genau wie alle anderen Drogenprostituierten rund um King's Cross auch gleich einen Großteil von dem, was ich einnehme, wegdrücken würde, was für einen Zuhälter definitiv kein gutes Geschäft ist. Aber ich bin eine Ex-Polizistin, und das findet Vlad geil. Es dauert auch nicht lange, bis er es mir offen ins Gesicht sagt: »Weißt du, Kleines, eine von euch Bullenmuschis in meiner Gewalt zu haben, ist mir ein Verlustgeschäft wert. Und der Spaß, dich zu verprügeln, wenn du einmal nichts heimbringst, wird auch einiges wettmachen.«

Anfangs schlägt mich Vlad kaum. Er hat keinen Grund, unzufrieden mit mir zu sein. Solange ich körperlich fit bin, stehen die Freier bei mir Schlange. Den innerlichen Verfall sieht man mir nicht an. Die Kasse klingelt und Vlad nickt anerkennend, wenn ich ihm das Geld abliefere, welches trotz meines steigenden Drogenkonsums jeden Abend übrig bleibt. Doch bald schon drücke ich so viel Heroin, dass mein Äußeres leidet. Ich vernachlässige meinen Körper, hänge nur noch auf der Straße rum und bin zumeist entweder völlig weggetreten oder aber auf Entzug. In beiden Zuständen kommt es mir nicht in den Sinn, zu duschen oder meine Klamotten zu waschen. Ich wüsste nicht einmal wo. Zu Vlad gehe ich nur, wenn ich ihm auch ganz sicher Geld bringen kann. Ohne kreuze ich nur ein einziges Mal auf. Danach mache ich einen Kurzbesuch in der Notaufnahme, wo ich aber abhaue, sobald die Ärzte mir aus meiner Situation heraushelfen wollen.

Es wird von Tag zu Tag schlimmer. Das Geld wird immer knapper und zu allem Überfluss finden mich die meisten Stammfreier innerhalb kürzester Zeit bereits langweilig, weil ich nur apathisch unter ihnen liege, wenn sie zwischen meinen Schenkeln ihre Triebe befriedigen. Ich habe inzwischen auch schon mehrmals darüber nachgedacht, meinem Leben einfach ein Ende zu setzen. Aber irgendetwas hält mich davon ab. So bescheuert das auch klingen mag, bin ich doch vollkommen davon überzeugt, noch eine Aufgabe erfüllen zu müssen. Ich weiß bloß nicht, welche es ist, und breit wie ich dauernd bin, kann ich darüber auch kaum nachdenken.

In einem Moment besonders großer Hoffnungslosigkeit treffe ich sie spätabends. Es ist Herbst und bitterkalt in dieser Nacht. Kein Freier weit und breit. Ich geselle mich zu einer Gruppe anderer Obdachloser, die in einem alten Ölfass ein Feuer entfacht haben. Ich will nicht wissen, was sie verbrennen. Es riecht auf alle Fälle ungesund, aber das Feuer wärmt meine klammen Finger.

»Na, schönes Kind, wer bist denn du?«, murmelt der Mann zu meiner Rechten und ich fürchte schon, er will mich anmachen. Trotzdem erwidere ich freundlich: »Ich bin Flo … und ja, ich war Polizistin, kann also gut sein, dass ich dich mal verhaftet habe. Und ja, jetzt bin ich eine Stricherin und eine Fixerin. Und wer seid ihr, Leute? Euch hab' ich in der Gegend noch nie gesehen.«

Der Mann dreht sich zu mir um und ich bin überrascht, wie gepflegt er, von seiner abgewetzten Kleidung abgesehen, aussieht. Er streckt mir seine Hand hin. »Warren.« Ich drücke seine Hand und fühle plötzlich einen Energieschub.

»Acht Monate Afghanistan. Seither kann ich nicht mehr schlafen und werde fast wahnsinnig, wenn ich drinnen bin. Darum leb' ich jetzt auf der Straße. Die da drüben ist Nottingham.« Warren zeigt auf eine ausgezehrte junge Drogensüchtige, der es noch einige Klassen schlechter geht als mir. »Sie ist überzeugte Veganerin. Wenn du sie zum Kotzen bringen willst, musst du ihr eine Scheibe Schinken vor die Nase halten. Darum Notting-Ham! Saukomisch, nicht?«

Der Witz ist zwar platt, aber ich muss trotzdem lachen. »Und das Mädchen da drüben?«

»Die nennen wir Eukalypse, weil sie ihren chronischen Husten mit australischen Eukalyptusbonbons kuriert. Außerdem kaschiert das ihre Alkoholfahne. Glaubt sie zumindest. Tja, Flo, willkommen bei den Boten der Apokalypse. So nennen wir unsere kleine Gemeinschaft.«

Ich bin ausnahmsweise klar im Kopf und denke kurz über seine Worte nach. Warren ist der Krieg, Nottingham der Hunger, Eukalypse die Krankheit. »Und wo ist der vierte?«

»Na, wo soll Tod wohl schon sein? Auf dem Friedhof natürlich. Wurde grad' gestern verscharrt. Goldener Schuss.«

Ich bin schockiert über die Beiläufigkeit, mit der Warren das sagt. Die vier scheinen so etwas wie eine Gemeinschaft gewesen zu sein, und doch trifft es die Überlebenden kaum, wenn einer von ihnen auf einmal fehlt. Das will ich nicht. So will ich nicht enden.

Ich verbringe die Nacht am Feuer der Boten und bleibe die kommenden Tage in ihrer Gesellschaft fast clean. Ich nehme nur gerade so viel, wie nötig ist, um nicht auf Turkey zu kommen. Nun denke ich wieder vermehrt an Emily und frage mich, wie es ihr wohl geht, seit ich mit ihr Schluss gemacht habe. Ich habe nicht gewollt, dass sie in all die Scheiße reingezogen wird, in der ich bis zum Hals stecke. Aber jetzt fühle ich, dass ich sie brauche.

Sie ist nicht zu Hause. Natürlich nicht. Warum sollte sie nachmittags um drei auch zu Hause sein. Doch ich habe Zeit und mache es mir im Hausflur gemütlich, bis ich von einem anderen Mieter – einem versnobten Manager oder so – aus dem Haus geschmissen werde. So warte ich noch eine Stunde draußen. Es ist die Mühe wert. Ich falle Emily sofort um den Hals, als sie da ist, und sie lässt mich tatsächlich in ihre Wohnung. Bevor wir irgendetwas anderes tun, scheucht sie mich ins Bad. Ich wasche mich so gründlich wie seit Jahren nicht mehr. Als ich aus der dampfenden Kabine steige und in den Spiegel blicke, bin ich positiv überrascht.

Emily hat mir ein paar von ihren Kleidern und eine Zahnbürste gebracht. Ich verlasse das Bad, lasse die Klamotten aber dort liegen. Wenn ich mich im Spiegel betrachte, sehe ich beinahe aus wie früher. Blöd nur, dass sich der Turkey bemerkbar macht, und ich werde nervös, als ich erfahre, dass Emily meine alten Klamotten kurzerhand in die Tonne geschmissen hat.

»Ganz ruhig, Flo. Dein Spritzbesteck ist noch da. Ich weiß, dass das nichts bringen würde.« Sie deutet hinüber zum Esstisch, mit welchem ich sehr schöne Erinnerungen verbinde. Ich fühle mich fast ein wenig, als würde ich ein Heiligtum entweihen, als ich dort Platz nehme und mir einen Schuss setze. Einen ganz kleinen nur. Ich will Emily das volle Bild des Entsetzens ersparen. Eine Viertelstunde später – die brauche ich nach einem Schuss, um die Sinne runter- und wieder hochzufahren – reden wir das erste Mal seit Wochen wieder. Ich erzähle ihr, was ich inzwischen erlebt habe.

»Warum um Gottes Willen bleibst du denn bei ihm?«, fragt sie mich, als ich ihr von Vlad erzähle. Und ich beantworte es ihr, obwohl sie es ja eigentlich schon weiß.

»Na ja, er hat halt sein Revier dort und wär's nicht er, dann wäre es ein anderer. Groß woanders kann ich nicht hin und solange ich tue, was er sagt, schützt er mich auch vor den anderen Zuhältern. Außerdem bin ich eine Trophäe für ihn. Eine besiegte Polizistin. Das genießt er und darum bin ich bei ihm vergleichsweise sicher.«

Emily schüttelt den Kopf.

Ich würde jetzt wahnsinnig gerne mit dir schlafen, Emily. Ich meine, das bloß gedacht zu haben, doch Emily beugt sich vor und küsst mich. Das Handtuch um meinen Körper fällt und Minuten später liegen wir nackt und eng umschlungen in Emilys Himmelbett. Es ist fast wie früher.

Am nächsten Morgen müssen wir beide zeitig los. Emily aufs Revier, ich auf den Strich. Emily will mir Geld geben, doch ich lehne ab. Ich will nicht, dass sie meine Sucht oder – schlimmer noch – Vlads krumme Geschäfte finanziert. Ich werde heute Abend auch nicht zu ihr zurückkehren.

Es dauert gut zwei Wochen, bis wir uns wiedersehen. Dummerweise habe ich ihr gesagt, wo ich mich rumtreibe, und so erscheint sie plötzlich abends um halb zehn am Drogenstrich von King's Cross. Sie kann nicht lange bleiben, weil sie nach Polizei aussieht und alle Dealer, Nutten und Zuhälter sofort nervös macht. Sie drückt mir zum Abschied ein billiges Mobiltelefon in die Hand. »Der Akku ist leider leer. Ich hatte keine Zeit, ihn aufzuladen. Versprich mir, dass du dich meldest, ja?«

Ich lasse ihr die Hoffnung und nicke. Wir küssen uns und dann ist sie weg.

Als Emily gegangen ist und ich das Mobiltelefon einstecke, steht Warren neben mir.

»Sie ist ein Engel, Flo.«

»Ja, ich weiß. Schließlich ist sie *mein* Engel.«

»Nein, ich meine, sie ist *wirklich* ein Engel. Und sie schwebt in größter Gefahr!« Warrens Blick ist vollkommen klar. Ich weiß, dass nicht der Alkohol aus ihm spricht. Mit ruhiger Hand zieht er ein Messer aus seiner zerschlissenen Jacke und reicht es mir mit dem Griff voran.

»Vlad hat euch gesehen, Flo. Er ist ein Handlanger der Hölle. Er ist ein Dämon, der den Auftrag hat, den Messias zu finden und zu töten und ebenso alle, die ihm dabei in die Quere kommen könnten. Du musst Emily vor ihm beschützen.«

Ich starre ihn ungläubig an. Doch ich weiß instinktiv, dass er recht hat. Ich greife nach dem Messer, drehe mich um und gehe.

An diesem Abend stehe ich mir an der Straße fast die Füße platt. Mein Zigarettenpäckchen enthält nur noch zwei malträtierte Glimmstängel, die ich mir so lange wie möglich aufspare. Ich schwitze und zittere zugleich wie Espenlaub, mich juckt es überall und meine Glieder krampfen bereits, so stark ist der Turkey schon, als endlich ein Wagen hält. Ich steige ein. Es ist keine große Sache mehr für mich. Bloß ein weiterer Blowjob und als ich knappe zwanzig Minuten später wieder aus dem Wagen steige, kann ich mir endlich den nächsten Schuss leisten. Ich jage mir das Zeug in einer dunklen Seitengasse in eine Vene am Fuß. Danach bleibe ich eine gute Viertelstunde einfach im Dauerregen liegen, bis ich wieder ich selbst bin, oder zumindest das, was von mir übrig ist. Ich weiß, was ich zu tun habe. Vlad wird mich verprügeln oder vergewaltigen, oder auch beides, denn ich war bereits gestern nicht bei ihm und auch heute komme ich mit leeren Händen. Solche Tage genießt er ganz besonders, denn dann kommt er mich holen und nimmt sich das Letzte, was er noch von mir kriegen kann.

Ich bin erstaunlich gelassen, als er auf mich zukommt.

»Wie viel hast du?«

»Nichts. War kein guter Tag heute.« Ich sehe zu ihm auf und blase ihm den Zigarettenrauch direkt ins Gesicht. Gut nur, dass ich gerade dermaßen high bin, dass ich überhaupt keine Angst habe. Vlad zögert keine Sekunde. Die Ohrfeige, die er mir verpasst, haut mich fast um. Dann greift er um meine Taille, klemmt mich unter den Arm und obwohl ich mich wehre wie der Teufel, schleppt er mich in die nächste Toilette. Dort drängt er mich in eine Kabine und reißt meine Bluse auf. Er ist wie ein Raubtier, das sich auf seine Beute stürzt. Ich greife nach hinten in den Bund meiner Hose, ziehe die Klinge hervor und steche zu. Es geht alles ganz leicht. Vlad keucht, sieht mich mit weit aufgerissenen Augen an und greift nach der Klinge, die in seinem Herzen steckt. Keine gute Idee. Sobald die draußen ist, bricht er vor mir zusammen, röchelt ein paarmal und stirbt.

Ich setze mich auf den Klosettring und heule los. Nicht um Vlad. Es ist die Erleichterung darüber, dass er mir nichts mehr antun kann, und die Angst davor, was mir nun bevorsteht. Ich verlasse die Toilettenkabine, gehe zum Spiegel und suche nach einer Steckdose. Es dauert einige Minuten, bis der Akku so weit geladen ist, dass ich Emily anrufen kann. Ich trete nervös von einem Fuß auf den anderen. Es klingelt keine drei Mal, bis sie rangeht. »Florence? Bist du es? Wo bist du? Geht es dir gut? Ist etwas passiert?«

Erst jetzt merke ich, wie ich am ganzen Körper zittere und noch immer heule. »Emy … Emily … Ich habe etwas Furchtbares getan! Es … Es musste sein. Ich musste dich doch beschützen! Bitte … bitte komm her!«

Nachdem ich Emily meinen Standort mitgeteilt und aufgelegt habe, breche ich zusammen. Ich komme erst wieder zu mir, als sie da ist. Mein Engel …

Ich brauche nicht viel zu erklären. Emy würdigt Vlads Leiche kaum eines Blickes, sie überzeugt sich nur kurz davon, dass er tatsächlich tot ist. Sobald sie die Toilette notdürftig mit einem »Crime-Scene«-Band abgesperrt hat, führt sie mich weg von diesem schrecklichen Ort und kümmert sich um mich. Wir setzen uns auf die regengeschützte Bank einer Bushaltestelle, wo Emily mich in die Arme nimmt. Ich weiß nicht, wie lange ich mich an sie schmiege und meinen Tränen einfach freien Lauf lasse. Irgendwann blicke ich auf. »Ich muss wohl eine schreckliche Zumutung für dich sein, Emy. Ich weiß nicht, wann ich meine letzte Dusche hatte, meine Kleider, die du mir gegeben hast, habe ich seit damals nicht gewaschen und alles stinkt nach Zigarettenrauch und Schweiß. Du musst mich nicht berühren, wenn du dich vor mir ekelst.«

Emily lächelt mich an, greift mit ihrer rechten Hand an meinen Nacken und zieht mich zu sich. Sie schließt ihre

Augen und flüstert: »Ich liebe dich, Flo. Ich liebe dich so sehr.« Unsere Lippen berühren sich. Wir küssen uns lange und innig. Ich möchte mehr, doch ich weiß, dass das nicht gehen wird. Unsere Lippen lösen sich voneinander und wir blicken uns noch einige Sekunden in die Augen. Ich sehe die Sehnsucht in Emilys Blick. Die Sehnsucht nach dem kurzen Glück, das wir zusammen hatten, und das nie wieder zurückkehren wird.

»Ich muss dich jetzt leider festnehmen, Florence.« Emily sagt diese Worte so ruhig und liebevoll, dass ich lediglich die Lippen zusammenkneife und nicke. Sie steht auf und zieht ihre Handschellen hervor. Ich drehe mich zur Seite, um es ihr leichter zu machen, bleibe aber auf der Bank sitzen. Behutsam greift Emily nach meinen Handgelenken und fesselt mir die Hände auf den Rücken. *Das letzte Mal, als wir sowas gemacht haben, hatten wir bedeutend mehr Spaß dabei*, denke ich bitter. Ich drehe mich in eine einigermaßen bequeme Position und lehne mich an die Rückwand des Wartehäuschens. Von diesem Moment an ist Emily ganz professionell. Sie zückt ihr Mobiltelefon und ruft Inspector Taylor an. Danach hält sie neugierige Passanten von mir und vom Tatort fern, bis die Verstärkung eintrifft. Dazwischen setzt sie sich noch einmal zu mir. Ich bitte sie, mir eine Zigarette anzuzünden.

Emily zieht das zerknitterte Päckchen hervor und greift hinein. »Es ist die letzte.«

»Irgendwie passend«, erwidere ich.

Emily steckt sich die Zigarette zwischen die Lippen, zündet sie an und hustet. Sie hat noch nie in ihrem Leben geraucht. Dann steckt sie mir die Fluppe in den Mund.

Es reicht gerade, um fertig zu rauchen, da trifft Charleen

Taylor ein. Als sie auf mich zukommt, um mich abführen zu lassen, sagt sie kein Wort. Sie schüttelt bloß mit einer Mischung aus Mitleid und Verachtung den Kopf.

Die beiden Beamten, die mich mit dem Streifenwagen ins Untersuchungsgefängnis bringen, kenne ich nicht. Deshalb ist die Stille im Wagen erträglich. Das, was danach folgt, ist es weniger. Im Gefängnis angekommen, muss ich mich für die Leibesvisitation ausziehen. Die Beamtin, die diese vornimmt, kenne ich flüchtig aus dem Studium. Sie lässt sich nichts anmerken, grüßt mich nicht, sondern gibt mir nur ihre Anweisungen, die ich brav befolge. Ich muss mich unter Aufsicht duschen. Anschließend erhalte ich einen grauen Gefängnisoverall. Unterwäsche bekomme ich keine. Die Beamtin bringt mich in eine Einzelzelle und schließt mich ein. Ich lasse mich auf das Bett mit der dünnen Matratze fallen und bleibe einfach sitzen. Keine Ahnung, wie lange ich hier bin, bis plötzlich die Tür aufgeht und Detective Inspector Taylor eintritt. Ich stehe auf und sie stellt mir einige Fragen, die ich einsilbig und schuldbewusst beantworte. Als sie sich zum Gehen wendet, spreche ich sie nochmals an: »Charleen?«

»Inspector Taylor, bitte.«

»Ich weiß, Sie müssen das nicht tun, aber würden Sie bitte mit dem Arzt sprechen und ihn bitten, dass er mir etwas verschreibt? Ich bin suchtkrank, wie Sie wahrscheinlich wissen. Ich weiß, ich verdiene Ihre Hilfe nicht, aber ich bitte Sie trotzdem darum.«

Taylor sieht mich mit verächtlichem Blick an und geht.

Doch am kommenden Morgen, als mir das Frühstück durch eine Klappe in der Tür in meine Zelle gereicht wird, steht neben dem Wasserglas tatsächlich ein kleiner Becher mit einer Flüssigkeit, die mir die nächsten Stunden erträglicher macht. Und nicht nur das. Die Beamtin, die das Tablett später abholt, reicht mir eine kleine Papiertüte mit weißer Unterwäsche. Auf dem Papier ist ein kleines Herz gezeichnet. Ich bin sicher, es ist von Emily.

Ich bin nicht allein.

Kapitel XVII

Trio final

Florence

Mephista Dowland-Hale! Irgendwie habe ich gewusst, dass die Ankündigung, jemand habe meine Kaution bezahlt, nichts Gutes verheißt. Ich hatte gehofft, es wäre Emily, doch selbst für sie war dieser Betrag wohl nicht bezahlbar gewesen. Ich weiß im ersten Moment nicht, was ich tun soll, als ich Lady Mephista im Eingangsbereich des Untersuchungsgefängnisses erblicke.

Soll ich die Beamtin darauf aufmerksam machen, dass die Frau, die mich abholt, vielleicht nicht so vertrauenswürdig ist, wie sie wirken mag? Nein, ich kann es nicht. Ich muss hier raus, ich brauche unbedingt meinen Stoff! Ich bin übelst auf Turkey, weil das mit dem Methadon leider nur eine einmalige Sache war. Charleen Taylor konnte wohl einfach meinen Anblick nicht ertragen, darum hatte sie es mir bringen lassen.

Mit zittrigen Knien und gesenktem Kopf folge ich Mephista aus dem Untersuchungsgefängnis. Ich weiß nicht, was sie mit mir vorhat, aber es ist mir gegenwärtig auch egal. Mephista öffnet die Beifahrertür ihres Jaguars und lässt mich einsteigen. Sie setzt sich ans Steuer, greift in ihre

Handtasche und reicht mir ohne ein weiteres Wort ein Abbindeband und eine Spritze. Ich frage nicht, was drin ist. Als ich vergeblich versuche, meinen Arm abzubinden, hilft Mephista mir dabei, doch die Kanüle muss ich selbst ansetzen.

»Ich kann mir das nicht ansehen«, sagt sie mit bleichem Gesicht und schaut tatsächlich weg.

Ich sehe sie einige Augenblicke irritiert an, grinse, setze dann jedoch rasch die Nadel an. *Gott sei Dank!* Ich finde sofort eine Vene, ziehe auf und tatsächlich, der Inhalt der Pumpe wird rot. Ich stimme innerlich ein Halleluja an, als ich sehe, wie der Kolben den Inhalt der Spritze in meine Vene schiebt. Kaum ist alles drin, klappe ich weg.

Ich komme in einem rosafarbenen Bett wieder zu mir. Alles im Zimmer ist so süß, dass mir fast schlecht wird. Mephista sitzt in einem Sessel neben dem Bett und liest in einem Buch. Sie bemerkt meine Bewegung und schaut auf. »Oh, du bist ja wach. Sehr gut. Bist du hungrig?«

Ich fühle mich leicht benebelt, aber ansonsten gut wie schon lange nicht mehr. Was auch immer das für Stoff war, den sie mir gegeben hat, er kommt richtig geil rein! Ich nicke müde und schließe meine Augen.

»Na dann mal raus mit dir!« Mephista schlägt die Decke zurück und zerrt mich hoch. Stoned, wie ich noch immer bin, muss sie mich stützen. Wir verlassen das Zimmer und Mephista führt mich die Treppe hinunter durch die beachtliche Bibliothek zum Esszimmer. In einer Ecke der Bibliothek steht noch immer das Cello. An dem bleibt mein Blick eine Zeitlang haften.

»Das hat Azraelle gehört. Ich denke, du kennst Azraelle, nicht wahr, Florence?«

»Mhm …« Ich nicke.

»Du hast übrigens in ihrem Bett geschlafen.«

»Hm? In ihrem Bettchen geschlafen?«, murmle ich. »Bin ich denn hier bei den sieben Zwergen, oder was? Werd' ich nun auch noch von ihrem Tellerchen essen?« Ich lache dämlich über meinen eigenen Witz, aber Mephista kichert tatsächlich mit. Sie führt mich an eine lange Tafel.

»Möchtest du, dass ich oben liege und du unten? Ich meine natürlich sitzen, nicht liegen. Sorry, Macht der Gewohnheit. Ich bin eine Straßennutte, musst du wissen. Aber das weißt du ja bereits, nicht wahr?« Und schon gröle ich wieder los. »Mann, bin ich vielleicht breit, Süße. Du könntest im Augenblick mit mir machen, was du willst. Was war denn das für geiles Zeug in der Tülle, die du mir besorgt hast? Wo gibt's diesen Stoff? Ich will nur noch das.«

Mephista sieht mich siegessicher an. »Ich sorge dafür, dass du mehr davon bekommst, wenn du brav bist, Florence.«

»Oh, wenn das so ist, dann bin ich von nun an das bravste Mädchen auf der ganzen Welt, oh Göttin des Lichts!«, lalle ich kichernd vor mich hin. *Mann, was labere ich da für einen Stuss zusammen?*

Die Lady bringt mich zu meinem Platz an der Seite der Tafel und setzt sich neben mich ans Kopfende des Tisches. Die Haushälterin trägt das Essen auf und ich lange herzhaft zu.

»Gott, ich habe schon lange nicht mehr so gut gegessen. Hab's in letzter Zeit auch kaum mehr behalten können, weil es mir immer so mies ging.« Ich bekomme gar nicht mit, wie der Wein in mein Glas kommt. Aber ich merke zumindest, wie ich ihn trinke, und das ist im Grunde alles, was zählt.

Auf einmal, ich fühle mich inzwischen schon ziemlich satt gefressen, werde ich schlagartig klar im Kopf. »Wirst du mich töten, Mephista?«, frage ich und die Lady verschluckt sich beinahe am Wein.

»Wie bitte? Natürlich nicht, du dummes Kind! Was hätte denn das bitte schön für einen Sinn, dich für teures Geld aus dem Gefängnis zu holen, wenn ich dich danach gleich umlegen wollte? Natürlich war ich alles andere als begeistert davon, dass du Vlad abgestochen hast. Immerhin war er ein sehr loyaler … hm … na ja … Mitarbeiter, wenn man so will. Aber trotzdem denke ich, du nimmst dich zu wichtig, Florence. Es geht hier nicht um dich. Dein Tod würde mir nichts bringen. Gegenwärtig jedenfalls.«

Mir wird leicht schwindlig. Nein, so richtig klar im Kopf bin ich doch nicht. Oder schon wieder nicht mehr. Was wollte Mephista mir gerade mitteilen? Will sie mich nun etwa doch umlegen? Oder vielleicht eher flachlegen? Ich werde müde. Zu viel Wein auf zu viel Heroin, nehme ich an …

»Komm, Florence. Ich glaube, ein kleiner Mittagsschlaf könnte dir guttun.«

Ich merke, wie Mephista mich gemeinsam mit ihrer Haushälterin wieder hoch in Azraelles Bett bringt, wie sie mich hinlegen, ausziehen und zudecken. Dann fällt die Tür ins Schloss und ich in einen tiefen, traumlosen Schlaf.

Das nächste Mal ist das Erwachen weniger angenehm. Ich spüre die Entzugserscheinungen. Es juckt mich überall, mein Mund ist trocken und ich bin ganz hibbelig. Ich schwinge mich aus dem Bett und falle der Länge nach hin. *Wow, ich bin ja völlig nackt! Was haben die beiden Hexen wohl mit mir gemacht?* Kleider liegen keine herum. Ich stehe auf und wanke zur Tür, doch die ist abgeschlossen. *Scheiße, was soll denn das?* Ich blicke zum Fenster. Das ist vergittert. Komisches Kinderzimmer, das Azraelle hier hatte. Trotzdem denke ich nicht weiter nach und gehe stattdessen ins Bad. Ich sehe in den Spiegel. *Geil, Pupillen so groß wie Untertassen!* Das Zittern setzt bereits ein und mir ist kalt. Ich gehe zurück zur Tür und klopfe dagegen. Keine Reaktion. Ich rufe nach Mephista. Wieder nichts. Ich friere mittlerweile, gehe zurück ins Bad, lasse heißes Wasser einlaufen und versuche, mich in der Wanne zu entspannen. Es gelingt nur bedingt. Zwischenzeitlich döse ich wieder ein wenig weg. Der Turkey wird stärker und stärker. Da geht plötzlich die Tür auf und Mephista kommt herein. Sie hat eine metallene Nierenschale dabei, in welcher Spritze und Abbindeband liegen. Rasch steige ich aus der Wanne, trockne mich ab und folge Mephista wie ein braves Hündchen zum Bett.

»Wir müssen reden, Florence. Setz dich.«

Ich lasse mich, noch immer vollkommen nackt, in den Sessel sinken. Mir ist egal, wie viel Mephista von mir sieht. Meinetwegen kann sie mich auch mit einem Strap-on durchnudeln, wenn sie das antörnt. Hauptsache, sie gibt mir so bald wie möglich das verdammte Dope! »Gib mir die Spritze, Mephista, bitte! Danach können wir reden.«

»Nein, erst reden, dann zudröhnen!«

Ich reagiere ziemlich genervt. Aber ich bin von ihr ebenso abhängig wie vom Heroin. Deshalb fordere ich es nicht heraus. »Na gut. Worüber willst du reden? Wenn du mich als Sexsklavin haben willst, nimm dir, was du willst. Darüber müssen wir nicht erst reden.«

»Nein, Florence«, erwidert Mephista ruhig. »Es geht um etwas ganz anderes. Es geht um deine Freundin Emily.«

Ich fühle einen Stich in meinem Herzen. »Emily? Was ist mit ihr? Ist ihr etwas passiert? Geht es ihr gut?« Ich ziehe die Beine hoch und krümme mich zusammen. Die Krämpfe setzen ein, doch das ist gerade völlig unwichtig.

»Nein, es ist alles gut mit ihr.«

Ich atme erleichtert aus.

»Das heißt, ich nehme es zumindest an. Ich weiß nicht, wo sie sich aufhält. Darum brauche ich deine Hilfe. Ich könnte mir vorstellen, dass sie in Gefahr ist. Sie ist ein Engel, nicht wahr, Florence?«

Ich sehe Mephista mit weit aufgerissenen Augen an. Woher weiß sie das? Was soll ich darauf antworten? Ich kann nicht klar denken und nicke verzweifelt. *Jetzt gib mir endlich das Scheißheroin, Herrgott nochmal!*

»Kannst du mir ihre Kontaktdaten geben? Ich muss sie unbedingt erreichen, um sie zu warnen.« Sie reicht mir Papier und Bleistift und ich gehorche. Ich schreibe Emilys Privatadresse auf, ihre Handynummer, Personalnummer, E-Mail-Adresse und einfach alles, was ich an Daten über sie weiß.

»Braves Mädchen.« Dann endlich bekomme ich meinen Schuss. Ich beiße auf den Kanülenschutz und ziehe die Nadel heraus. Mit zittriger Hand führe ich die Nadel an die Vene auf meinem Fußrist. Ich drücke den Kolben durch und das Letzte, was ich mitbekomme, ist, wie Mephista zufrieden lächelnd das Zimmer verlässt, sich im Türrahmen nochmals zu mir umdreht und mir zuflüstert: »Weißt du, Florence, ich glaube, das mit dem Engel ist nicht die ganze Wahrheit. Ich glaube, Emily ist mehr als das. Sie ist der Messias oder sie ist dazu bestimmt, ihn zur Welt zu bringen.«

An den kommenden Tagen wiederholt sich die schräge Szene des ersten Tages. Ich esse mit Mephista, schlafe, komme auf Turkey, warte auf mein Heroin, dröhne mich zu und alles beginnt von vorne. Mir ist alles egal geworden. Von mir aus kann das bis an mein Lebensende so weitergehen. Ich hadere nicht mehr mit meinem Schicksal. Bloß meine Angst um Emily hält mich noch auf Trab. Immer wieder erkundige ich mich bei Mephista nach ihr. Doch die sagt lange nichts dazu. Eines Tages jedoch, ich bin wieder auf Entzug, wartet Mephista länger als üblich damit, mir die Spritze zu reichen. »Ich habe mit Emily telefoniert, Florence. Wir werden uns heute mit ihr treffen.«

Es gelingt mir tatsächlich, meine Sucht zu kontrollieren und mir das Heroin nicht sofort in die Vene zu jagen. Ich versuche, mehr herauszufinden, doch Mephista bleibt vage.

»Nimm jetzt dein Zeug, damit du rechtzeitig wieder bereit bist.«

Ich lasse mich nicht zweimal bitten. *Emily! Ich werde endlich Emily wiedersehen!* Ich bekomme nur etwa drei Viertel des Spritzeninhalts in meine Vene, bevor ich glaube, einen Herzinfarkt zu erleiden. Meine Brust fühlt sich an, als würde sie bersten. Dann falle ich vom Sessel. Ich bleibe halb wach, fühle mich aber wie gelähmt und habe die schlimmsten Kopfschmerzen meines Lebens. Wie viel Zeit vergeht, bis Mephista zurückkehrt, kann ich nicht sagen. Zusammen mit der Haushälterin zieht sie mich an, als wäre ich eine übergroße Puppe. Dann tragen sie mich die Treppe hinunter in Mephistas Jaguar. Es ist bereits Nacht und es schneit leicht, als wir auf der obersten, nicht überdeckten Etage eines alten, leeren Parkhauses ankommen. Das Parking, welches fünf Etagen aus dem Boden ragt, ist offenbar stillgelegt und steht kurz vor dem Abriss. Mephista parkt ihren Wagen mitten auf dem obersten Deck, steigt aus und hievt mich aus dem Auto wie eine Sardine aus der Büchse. Ich kann mich noch immer nicht bewegen. Bloß meine Finger kribbeln wieder ein wenig. *Was hat sie nur vor?*

Mephista legt mich einige Schritte vom Wagen entfernt auf den eiskalten Boden, zündet sich eine Zigarette an und zieht daran. Dann steckt sie mir den Glimmstängel in den Mund. Mit Mühe gelingt es mir, ein paar Züge davon zu nehmen. In dem Moment sehe ich sie: Emily! Sie ist tatsächlich hier. Sie kommt auf mich zugerannt und stürzt neben mir zu Boden. Mephista hingegen ist nicht mehr zu sehen. Ich habe keine Ahnung, wohin sie verschwunden ist.

»Flo! Oh mein Gott, Flo! Was ist denn mit dir? Wer war das? Wer hat dir das angetan?«

Ich verstehe auf einmal, was vor sich geht. Doch obwohl ich klarer im Kopf werde, kann ich Emily nicht warnen. Ich kann nicht sprechen. Ich kann rein gar nichts gegen das tun, was gleich geschehen wird. Es ist alles verloren. In dem Moment, in dem Emily meine Wange berührt, steht Mephista bereits hinter ihr. Meine Machtlosigkeit ist unerträglich für mich, wogegen Mephista sie sichtlich genießt. Ihr diabolisches Grinsen lässt meine Angst um Emily ins Unermessliche wachsen. Ich verfluche meinen gelähmten Körper und mobilisiere verzweifelt meine letzten Kräfte. Aber mehr als ein Zittern und einen einzelnen unverständlichen Laut kriege ich nicht zustande.

Trotzdem begreift Emily, was mit mir los ist, und sie ahnt wohl auch die Gefahr, in der sie schwebt. Jedenfalls greift sie nach ihrer Waffe, doch es ist zu spät: Mephista fasst Emily mit ihrer linken Hand ans Kinn, reißt ihren Kopf hoch und schneidet ihr mit einem großen Fleischmesser die Kehle durch. Emilys wunderschöne, dunkle Augen sind weit aufgerissen. Sie will etwas sagen, doch das viele Blut, welches zugleich aus ihrem Mund und aus der klaffenden Wunde an ihrem Hals strömt, ertränkt jeden Laut. Mein Engel fällt vornüber und bleibt regungslos auf der Seite liegen. Sofort bildet sich eine dunkle Lache, die immer größer wird, und ich muss tatenlos mit ansehen, wie das Lebenslicht in ihren Augen erlischt. Das Bild wird undeutlich, weshalb ich hoffe, nun ebenfalls zu sterben. Doch es ist leider nicht der Tod, der meine Sicht trübt. Nein, es sind nur die Tränen. Ich kann wieder weinen. Immerhin das. Ich fühle, wie ich langsam ein wenig Kontrolle über meinen Körper zurückerhalte.

Mephista lässt das Messer fallen, dreht sich um und geht, ohne sich nochmals umzusehen, zu ihrem Wagen. Und da geschieht es. Ich nehme all meine letzten Kräfte zusammen. Langsam, schwerfällig, zitternd greife ich nach dem Messer. Ich erhebe mich auf die Knie, stehe auf, mache einen Schritt auf die Mörderin zu, noch einen und noch einen. Ich falle beinahe hin, weil ich die Kraft zu diesem Akt schon lange nicht mehr habe. Aber ich habe noch den Willen! Ich laufe schneller, noch schneller, erreiche Mephista und werfe sie zu Boden. Sie ist völlig überrascht, dreht sich auf den Rücken, will vor mir zu fliehen, weicht zurück, doch nicht weit genug. Ich springe auf sie und ramme ihr mit aller Kraft und Verzweiflung das Messer in die Brust. Ihre Abwehrbewegung kommt zu spät. Die Klinge steckt in ihrem Herzen. Ich ziehe sie heraus und steche nochmals zu, nochmals und nochmals. Bis Mephista aufhört, sich zu wehren, bis sie aufhört zu röcheln, bis alles still ist und ich nur noch den Klang des Messers höre, wenn es sich seinen Weg in ihre Brust bahnt. Immer und immer wieder.

Erst dann lasse ich von ihr ab. Ihre toten Augen starren in den klaren, kalten Sternenhimmel, doch ich sehe sie nicht lange an, sondern rolle mich von ihr herunter, torkle zurück zu Emily und lasse mich neben ihr auf die Knie fallen. Hier weine ich mir die Seele aus dem Leib.

»Emily«, flüstere ich verzweifelt. »Oh nein, Emily.« Ich weiß nicht, was ich tun soll. Mit ihrem Mobiltelefon den Notruf wählen? Das hat keinen Sinn mehr. Mein Engel ist tot!

Verzweifelt beuge ich mich über sie. Blut tropft auf ihr bildschönes Gesicht. Doch es ist nicht ihres, es ist meins! Es läuft aus meiner Nase und aus meinem Mund. Ich weiß nicht, was die Lady mir gegeben hat, aber ich fühle, dass es mich töten wird. Nicht irgendwann, nicht bald, sondern jetzt! In dem Moment, in dem diese Erkenntnis zur Gewissheit wird, werde ich vollkommen ruhig. Ich glaube, ich habe aufgehört, zu atmen. Ich glaube, ich habe nicht einmal mehr einen Herzschlag. Mein Körper wird schwerer und schwerer. Mit allerletzter Kraft streichle ich sanft über Emilys Kopf. Ich schließe ihre Augenlider. Alles verschwimmt. Ich fühle nichts mehr.

Vor langer Zeit habe ich einmal gelesen, dass das Gehör eines Sterbenden noch aktiv ist, auch wenn die übrigen Sinne nichts mehr wahrnehmen. Ich weiß nicht, woher die

Klänge kommen, die ich in diesem Augenblick höre. Ich weiß nur, dass sie da sind:

> Anges purs, anges radieux,
> Portez mon âme au sein des cieux!
> Dieu juste, à toi je m'abandonne!
> Dieu bon! Je suis à toi, pardonne!
> Anges purs, anges radieux,
> Portez mon âme au sein des cieux!

Kapitel XVIII

Der Messias

Azraelle

Sie haben einen beachtlichen Aufwand betrieben, um mich zu finden. Am Ende hatten sie Erfolg. Allerdings auch nur deshalb, weil ich aufhörte, mich zu verstecken. Ich ließ mich von Jordan nach London fahren, setzte mich in einen Park und wartete einfach ab, bis sie mich holten.

Die Lady war tot. Ich wusste es schon, bevor es irgendwo niedergeschrieben wurde, denn ich habe es gespürt. Am nächsten Tag brachte Jordan mir die Bestätigung. Es stand ganz groß in der Zeitung: Eine geheimnisvolle Lady, die später als Mephista Dowland-Hale identifiziert werden sollte, eine junge Polizistin und eine Drogenprostituierte, allesamt tot auf dem Dach eines alten Parkhauses. Es war grauenhaft für mich. Denn ich habe auf einen Schlag zwei der wichtigsten Menschen verloren: Meine Schwester Emily, die ich kaum richtig kennenlernen durfte, und meine Herrin, die mich noch immer in ihrem Bann hielt. Und doch war es die Darstellung von Florence Cunningham in den Medien, die mich am meisten traf. Sie war in diesem Spiel zwischen Himmel und Hölle nicht vorgesehen gewesen und die Nachwelt wird sich an sie bloß als eine mordende Drogensüchtige erinnern. Dabei war sie doch so viel mehr als das. Sie war es wahrscheinlich, die Mephista getötet und die Menschheit so vom Joch des Bösen befreit hat. Und genau darum habe ich mich entschieden, der Polizei meinen Teil zu erzählen, anstatt mich weiter zu verstecken.

Jordan hadert mit Mephistas Tod. Auch wenn sie ihm seine Kindheit zur Hölle gemacht hat, und sie sich als Erwachsene nie gesehen haben, war die Lady doch seine verlorene Schwester gewesen. Wer sie wirklich war und von wem sie beide abstammten, weiß er bis heute nicht. Nur ich könnte ihm das verraten. Ich mag es nicht, Geheimnisse zu haben, aber dieses werde ich gewiss niemandem offenbaren. Weder Jordan noch der Polizei. Letztere ist ohnehin schon beschäftigt genug. Dass Emily meine Schwester war, haben sie mir triumphal mitgeteilt. Ich habe Detective Chief Inspector Charleen Taylor danach nur mitleidig angeschaut und zu ihr gesagt: »Sie hätten mich auch ganz einfach danach fragen können, dann hätten sie sich einigen Aufwand gespart.« Sie war daraufhin tatsächlich ein kleines bisschen beleidigt.

Ich habe mich natürlich entschuldigt und sie danach um einen Gefallen gebeten, denn ich glaube, sie mag mich irgendwie. Jedenfalls kehrt Taylor in diesem Moment zurück, legt mir Handschellen an und führt mich aus meiner Zelle. Wir gehen einen langen Flur entlang, durch mehrere Gittertüren, die jeweils einzeln geöffnet werden, betreten einen Aufzug und steigen im Eingangsbereich aus. Taylor führt mich, begleitet von zwei Polizeibeamten, zu einem Streifenwagen, mit welchem wir zur Rechtsmedizin fahren.

Im rechtsmedizinischen Institut fahren wir mit dem

Fahrstuhl in den Untergrund. Ein eigenwilliger Geruch empfängt uns beim Aussteigen. Er macht Taylor erstaunlicherweise mehr zu schaffen als mir, aber sie lässt sich nichts anmerken. Ein Mitarbeiter der Rechtsmedizin führt uns in den Untersuchungsraum, wo drei zugedeckte Leichen auf Untersuchungstischen liegen. Wir treten neben den mittleren Tisch und der Gerichtsmediziner sieht Taylor fragend an, die mit einem kurzen Nicken ihr Einverständnis gibt.

Ich breche auf der Stelle in Tränen aus, als ich Emilys Leiche sehe. Ihr hübsches Gesicht ist bleich und eine lange, hässliche Wunde läuft um ihren zarten, schlanken Hals. Dass sie mit einigen groben Stichen notdürftig genäht wurde, macht den Anblick auch nicht erträglicher.

Ich gehe vor dem Untersuchungstisch auf die Knie, lege meine gefesselten Hände auf die Tischkante, stütze meine Stirn darauf ab und heule mir die Seele aus dem Leib. Charleen Taylor, die im ersten Augenblick noch vorgeschnellt war, um mich davon abzuhalten, den Tisch zu berühren, hält einen Augenblick inne und legt mir dann tatsächlich tröstend die Hand auf die Schulter. Sie lässt mir die Zeit, die ich brauche, um mich von Emily zu verabschieden. Ich habe das Gefühl, sie tut gerade dasselbe. Schließlich erhebe ich mich und trete einen Schritt von der Leiche meiner Schwester zurück. Dabei stoße ich leicht an den Tisch hinter mir und drehe mich um. Ich sehe den Namen auf der Akte, die am Kopfende liegt: Florence Eileen Cunningham.

Ich blicke Taylor fragend an. Sie zögert, gibt dem Rechtsmediziner aber letztlich doch das Einverständnis, das Laken zurückzuschlagen.

Ich sehe Florences Leiche lange an. Im Gegensatz zu

Emily wirkt sie unversehrt, bis auf die Narbe in ihrem Gesicht. Aber die hatte sie ja vorher schon. Sie macht auf mich den Eindruck, als wäre sie auf eine seltsame Weise mit sich im Reinen.

Taylor wird ungeduldig, als ich unvermittelt aufschaue und sie frage: »Woran ist sie gestorben?«

Da sprudelt es förmlich aus ihr heraus: »Es grenzt schon beinahe an ein Wunder, dass sie mit dem, was sie intus hatte, noch in der Lage war, aufzustehen und ...« Taylor bricht mitten im Satz ab. Es ist offensichtlich, wie sehr sie das Ganze mitnimmt. Florence und Emily waren ihr beide sehr ans Herz gewachsen. Trotzdem darf sie natürlich nicht über die laufende Ermittlung sprechen, aber ich habe die Bestätigung für meine Vermutung: Florence Cunningham ist für den Tod der Lady verantwortlich. Ich trete näher an den toten Körper der jungen Polizistin heran. Florence tut mir leid und ich fühle mich dafür verantwortlich, was ihr widerfahren ist. Hätte sie mir damals nicht zur Flucht verholfen, hätte ihr Leben nicht diese unheilvolle Wendung genommen. Vielleicht wäre sie dann allerdings auch nicht zur Stelle gewesen, um zu vollenden, was weder Emily noch ich zu vollenden in der Lage gewesen waren. Ich fühle, wie mir wieder eine Träne über die Wange rinnt und drehe mich um.

Nach einem letzten Blick auf meine Schwester senke ich meinen Blick, wende mich Inspector Taylor zu und lasse mich von ihr zurück in meine Zelle bringen. Die dritte Leiche im Raum lasse ich mir nicht mehr zeigen. Ich weiß nicht, was der Anblick der Lady mit mir machen würde. Ich weiß nicht, wie viel Macht sie auch im Tod noch über mich hat. Ich will es lieber gar nicht wissen.

Inspector Taylor und ich sprechen kein Wort. Jede von uns hängt wohl ihren schwermütigen Gedanken nach. Nachdem sie mich zurück in meine Zelle gebracht, sich zum Gehen gewandt und der Wache das Zeichen gegeben hat, mich einzuschließen, spreche ich sie nochmals an. »Inspector?«

»Ja?«, erwidert sie überrascht.

»Hätte ich jemals die Wahl gehabt, etwas anders zu machen, ich hätte es getan. Das müssen sie mir glauben.«

»Man hat immer eine Wahl, Miss Michaelis«, erwidert Taylor kühl. »Es stellt sich bloß die Frage, ob man bereit ist, mit den Konsequenzen zu leben.«

Ich nicke traurig. Hoffentlich wird sie mich verstehen, wenn sie irgendwann meine ganze Geschichte kennt.

Natürlich weiß ich, dass mir aufgrund der vielen Morde, die ich begangen und inzwischen freimütig zugegeben habe, lebenslange Haft droht, und so werde ich mein Kind in Gefangenschaft zur Welt bringen müssen. Aber ich werde es in Sicherheit zur Welt bringen. Das ist das Einzige, das zählt. So waren all die Tode nicht umsonst. Mit dieser Gewissheit lege ich mich hin und warte auf die Nacht.

Ich staune, als ich ungefähr zwei Wochen später eines Morgens aus meiner Zelle geholt werde. »Jemand hat ihre Kaution bezahlt, Miss Michaelis.« Als wir den Eingangsbereich betreten, bleibe ich wie vom Donner gerührt stehen. Whitney steht an einer Art Schalter und überreicht dem Beamten gerade ein Schreiben.

Ich frage mich, ob ich wegrennen soll. Was hat Whitney mit mir vor? Auf wessen Seite steht sie?

Unsere Haushälterin dreht sich zu mir um und streckt

auf mütterliche Weise die Hand nach mir aus. Ich greife nach ihr wie ein kleines Kind.

»Lass uns gehen, Azraelle.« Whitneys Gesichtsausdruck, der über all die vergangenen Jahre immer unergründlich und unnahbar gewesen war, ist auf einmal freundlich und liebevoll. Ohne zu zögern, lasse ich mich aus dem Gefängnis hinaus auf einen etwa zehn Gehminuten entfernten Parkplatz führen. Dort bringt Whitney mich zu Mephistas Jaguar. Ich schrecke zurück, als ich den eleganten grünen Wagen sehe.

»Du brauchst keine Angst mehr zu haben, mein Kind. Sie kehrt nicht wieder. Es ist jemand anderes, der im Auto auf dich wartet.«

Vorsichtig trete ich näher. *Jordan Hale!* Ich will die Tür aufreißen und einsteigen, doch Whitney hält mich zurück. »Einen Moment noch, Azraelle!«

Ich zucke zusammen, aber Whitney umarmt mich bloß vorsichtig. »Ich weiß nicht, ob und wann wir uns wiedersehen werden, meine Kleine, und wir haben nicht viel Zeit. Darum, bevor ich dir Lebewohl sage, sollst du zwei Dinge wissen. Erstens tut es mir leid, was du all die Jahre erdulden musstest. Ich hätte dir dein Los gerne erspart. Aber leider musste ich mich damit begnügen, dir im Hintergrund zu helfen. Sonst wäre ich aufgeflogen und hätte das Versprechen, das ich deinen Eltern gegeben habe, womöglich nicht halten können.«

»Du hast meine Eltern gekannt?«, frage ich erstaunt.

»Ja, Azraelle. Dein Vater war mein Bruder. Ihm und deiner Mutter habe ich geschworen, dich zu beschützen und dir bei deiner Aufgabe zu helfen. Und darum sollst du als Zweites auch wissen, dass ich dich immer geliebt habe wie meine eigene Tochter. So, nun steig aber ein, mein Engel, und dann macht, dass ihr wegkommt!« Whitney stellt sich auf die Zehenspitzen, küsst mich auf die Wange, dreht sich um und geht. Ich glaube, sie eine Träne aus dem Augenwinkel wischen zu sehen.

Hinter mir öffnet sich die Beifahrertür von Mephistas Jaguar. »Rasch, Azraelle!«, zischt Jordan mir zu.

Ich wende mich von Whitney ab und steige ein. Jordan wirkt nervös. Er gibt mir einen flüchtigen Kuss, startet den Motor und fährt los. Erst jetzt werfe ich einen Blick nach hinten und erkenne, weshalb mir der Wagen so vollgestopft vorgekommen war. Jordan hat mein Cello auf den Rücksitz gepackt. Neben dem Cello liegt meine Spieluhr. Es sieht also nicht danach aus, als würden wir nach Saint George Manor zurückkehren. »Wohin fahren wir, Jordan?«

»Nach Hause, Azraelle.« Jordan sieht mich an und streichelt sanft über meine Wange. Er versucht, ruhig zu wirken, trommelt aber während der Fahrt immer wieder nervös mit den Fingern aufs Lenkrad. Ich blicke ihn fragend an. *Wo ist mein Zuhause? Wo ist unser Zuhause?*

»Wir fahren nach Cornwall.«

Sobald wir die Autobahn erreicht und uns in den Verkehr eingefädelt haben, entspannt Jordan sich und beginnt, zu erzählen. »Saint George Manor gehört nach Mephistas Tod mir, und auch ihr gesamtes Vermögen. Mit ihrem Geld habe ich deine Kaution bezahlt und das Ferienhaus deiner Eltern gekauft. Weil du als Mordverdächtige nicht darüber verfügen kannst, verwaltete es der britische Staat und der war offenbar ganz froh, dass ich mich darum kümmern will.«

»Dann ... sind wir jetzt zusammen, Jordan?«

»Ja, ich denke, das kann man so sehen.« Jordan grinst mich von der Seite an.

»Bist du sicher, dass du das willst? Immerhin bin ich doch …«

»Nein! Sprich es nicht aus!«, fällt er mir ins Wort. »Du bist für mich keine Mörderin. Ich weiß, was du getan hast, und ich weiß vor allem auch warum.«

Erschrocken halte ich meine Hand vor den Mund. »Weißt du wirklich alles? Über mich? Über … unser Kind?«

»… Und vor allem über mich selbst. Ich denke schon. Mephista hat mich besucht. Ich weiß nicht, wie sie mich gefunden hat. Es war ein triumphaler Auftritt für sie. Der Teufel betritt das Haus eines Pfarrers und offenbart ihm, aus demselben Holz geschnitzt zu sein wie er selbst. Und sie hat mir natürlich auch genüsslich unter die Nase gerieben, dass ich mit dir den Antichrist gezeugt hätte.«

»Das muss ein furchtbarer Schock für dich gewesen sein.«

Jordan denkt nach, während er den Blinker setzt und sichtlich die Beschleunigung des Jaguars genießt, um einen zu trägen Vauxhall zu überholen. »Es kommt nicht darauf an, von wem man abstammt oder mit wem man verwandt ist, Azraelle. Ich habe mich aus gutem Grund für die Kirche entschieden und im Gegensatz zu Mephista habe ich verstanden, dass du ein Engel bist. Denkst du, das Kind in deinem Leib hat unter diesen Umständen nicht vielleicht doch die besseren Chancen, zum Messias zu werden als zum Antichristen?«

»Emily hat etwas ganz Ähnliches gesagt. Oh mein Gott, Emily! Ich muss doch ihr Grab besuchen! Und das von Florence auch!«

»Das ist noch ein weiterer Grund für unsere Reise«, erwidert Jordan ernst.

»Aber … Sind wir nicht schon fast aus London raus? Sind
sie nicht auf einem Friedhof in London beigesetzt worden?«

»Nein, sie sind bei uns.«

»Bei uns?«

Jordan sieht in den Rückspiegel und ich drehe mich um.
Erst jetzt sehe ich die beiden verzierten Tongefäße in einem
Weidenkorb mit dunkelroter Schleife auf dem Rücksitz.
Sind das etwa Urnen?

»Keine Sorge, ich habe sie nicht geklaut«, sagt Jordan trocken. »Ich habe mit Chief Inspector Taylor gesprochen und
sie fand auch, dass Emilys Asche auf dem Grab ihrer Eltern
beigesetzt werden sollte.«

»Und Florence? Sie war ein Londoner Waisenmädchen.
Sie hatte keine …« In diesem Moment wird mir bewusst,
was Jordan gleich darauf ausspricht.

»Emily war ihre Familie und darum waren Inspector Taylor und ich uns einig, wo ihre letzte Ruhestätte sein soll.«

Ich finde das gleichzeitig so schön und so traurig, dass
ich nichts erwidern kann. Doch nach etwa zehn Minuten
Stille fällt mir mit Schrecken etwas ein. »Darf ich denn
überhaupt nach Cornwall? Der Beamte hat zu Whitney gesagt, ich dürfe London nicht verlassen!«

»Natürlich darfst du das nicht. Aber was kann man von
Satans Bruder auch anderes erwarten, als dass er dich zum
Bösen verführt. Darum durfte es auch niemand bemer-
ken. Außer Taylor, die weiß Bescheid und hat versprochen,
nichts zu sagen. Wenn es rauskommt, weiß sie dann aber
verständlicherweise von nichts.«

»Und danach? Muss ich dann zurück ins Gefängnis?«

»Nein, dafür habe ich ja die Kaution bezahlt. Zumindest
bis zur Gerichtsverhandlung bist du sicher draußen. Da-

nach werden wir sehen. Aber Taylor meinte, nachdem sie nun deine Geschichte kennt, werde man sich wohl eher darum kümmern müssen, dir damit zu helfen, was du erlebt hast, als dich einzusperren.«

»Sie ist eine sehr nette Frau, diese Charleen Taylor.«

»Und sie mag dich offenbar.«

Ich nicke und schweige.

In dem Moment, in dem das Meer, das alte Ferienhaus und die cornische Küste in Sicht kommen, fühle ich mich, als würde ich nach Hause kommen.

An unserem Ziel angelangt trage ich als Erstes den Korb mit den beiden Urnen auf die Veranda, stelle ihn auf die Schaukel und setze mich daneben. Jordan kümmert sich derweil um unser Gepäck und das Cello. Endlich fühle ich mich frei.

»Es ist jetzt alles bereit, Azraelle«, holt Jordan mich aus meinen Gedanken. Ich greife nach dem Korb und trage ihn hinüber zum Grab meiner Eltern. Das Loch in der dunklen torfigen Erde ist bereits ausgehoben. Daneben steht mein Cello angelehnt an einen Stuhl. Ich stelle den Korb ab, halte einen Moment inne und übergebe dann erst Emilys und danach Florences Urne der Erde. Einen Augenblick verweile ich noch kauernd vor dem offenen Grab und zeichne mit meinem Zeigefinger die Buchstaben ihrer Namen auf dem schönen, schlichten Stein nach.

Emily Cordelia Michaelis
12 December 1997 – 18 November 2021

und
Florence Eileen Cunningham
21 May 1998 – 18 November 2021

Dann erhebe ich mich, greife nach meinem Instrument, setze mich auf den Stuhl und spiele. Ohne darüber nachzudenken, entscheide ich mich für »Panis angelicus«.

Es tut mir so unendlich leid, wie falsch das Bild der Nachwelt über Florence ist. Emily kennen die Menschen als liebenswerte, zuverlässige junge Frau, die das Pech hatte, zur falschen Zeit am falschen Ort zu sein. Florence dagegen ist in den Augen der Öffentlichkeit nur die gefallene Polizistin, die drogenabhängige Stricherin, die das unverschämte Glück hatte, zufällig ihre Freundin zu sein, die sie damit ins Elend gestürzt hat. Aber hier, an dem Ort, wo wir nun alle zusammen sind, spielt die Meinung der anderen keine Rolle mehr.

Kapitel XIX

An einem anderen Ort

Florence

Die Sonne senkt sich golden hinter den Klippen Cornwalls ins Meer. Emily liebt diesen Landstrich wohl ebenso wie ich, sonst wäre es nicht unser gemeinsames Jenseits geworden. Unser Haus steht an einem saftig grünen Hang an der Küste. Es sieht genauso aus, wie ich mir das als Kind immer gewünscht hatte. Emily hatte mir sofort sagen können, wo wir hier waren. Es ist das Ferienhaus ihrer Eltern, nur ist es ganz offensichtlich gleichwohl eine andere Welt. Wir sind nach unserer Ankunft hier gleich einmal ums Haus gerannt und Emily war ganz verwundert, hier keinen Grabstein mit den Namen ihrer Eltern zu finden. Wir haben sie zwar noch nicht gesehen, aber es deutet vieles darauf hin, dass sie oft hier sind, und ich freue mich darauf, sie bald kennenzulernen.

Ich habe keine Ahnung, wie ich diesen Ort nennen soll. Jenseits? Himmel? Andere Wirklichkeit? Und im Grunde ist es auch nicht wichtig. Das Einzige, was zählt, ist, dass wir nun hier sind. Zusammen an diesem wunderbaren Ort. Ich weiß nicht, wie wir hierhergekommen sind. Ich weiß nur, dass ich hier niemals wieder wegwill. Es wird wohl noch lange dauern, bis ich begreife, aber wir haben ja Zeit. Wobei dieser Begriff an einem Ort wie diesem eigentlich keine Bedeutung mehr hat.

Ich habe noch nicht viel vom Jenseits gesehen. Ich habe noch keine Vorstellung davon, wie groß es ist. Gibt es ein Dorf in der Nähe? Eine Kirche? Ein Pub mit meinem Lieblingsbier? Gibt es im Jenseits Busverbindungen? Kino? Theater? Oper? Gibt es ein London im Jenseits oder vielleicht nur Cornwall? Nur die Küste mit unserem Haus? Ich weiß es nicht, denn bis jetzt haben Emily und ich noch kaum die Kurve aus dem Bett gekriegt.

Ich habe mich immer gefragt, ob der Himmel real ist. Oh, wenn ich an die vergangene Nacht zurückdenke und an die Nächte davor, dann kann ich es euch versichern: Der Himmel kann realer sein als das ganze Leben davor. Wir haben uns Nacht für Nacht geliebt, Emily und ich.

Die Ketten, an welchen die Schaukel auf der Veranda von Emilys altem Ferienhauses hängt, knarren leise und beruhigend. Gedankenverloren nestle ich eine Zigarette aus meinem Päckchen und klemme sie zwischen meine Lippen. Es mag erstaunlich erscheinen, dass es im Himmel Zigaretten gibt, aber jeden Morgen liegt mein Zigarettenpäckchen aufgefüllt auf dem Esstisch bereit. Auch der Kühlschrank und die Vorräte füllen sich über Nacht. Irgendwann, wenn mir einmal langweilig ist, werde ich mich vielleicht nachts auf die Lauer legen, um herauszufinden, wie das vonstattengeht. Es wird wohl etwas Ähnliches sein, wie mit dem Eber Sæhrímnir in der Edda-Saga. Das Vieh muss ja auch irgendwie immer wieder neu entstehen. Aber herauszufinden, wie das abläuft, hat Zeit. Für den Moment haben Emily und ich mehr als genug andere Beschäftigungen.

Wir sind an einem Morgen vor ungefähr einer Woche hier aufgewacht, eng umschlungen im Sand eines weißen Strandes. Ich war reichlich benommen, habe mich aufgesetzt und dann fasziniert mein Spiegelbild im Wasser bestaunt. Ich sah aus, als wäre ich nie drogenabhängig gewesen. Auch meine Narbe war nur noch eine schemenhafte Erinnerung. Wahrscheinlich bekommt man hier einfach jene Gestalt zurück, in der man sich im Leben am besten gefiel, oder vielleicht noch ein wenig besser. Ich habe meine Narbe nie gehasst. Sie gehörte den größten Teil meines Lebens zu mir und so muss sie nun auch nicht weg. Nicht ganz jedenfalls.

Ich habe auch meine Nadeleinstiche als blassrote Punkte behalten, wenn man das so sagen will. Vielleicht war es auch gar nicht meine Entscheidung, aber es ist wie mit der Narbe und gut so, wie es ist. Keine Ahnung, ob es im Jenseits auch harte Drogen gibt. Das ist mir auch vollkommen egal, denn ich habe kein Verlangen danach. Ich bin wieder wie früher, rauche hin und wieder eine Zigarette, trinke Bier und Wein, lasse aber von allem anderen die Finger.

Emily sieht so schön aus wie immer, bis auf den rötlichen Streifen an ihrer Kehle, wo Mephista ihre Klinge angesetzt hat, was mich dauernd an unseren Besuch in der Oper erinnert und an die Nacht, die darauf folgte. Gerade jetzt liegt mein Engel zu meiner Linken auf dem Rücken. Ihr rechter Arm hängt schlaff von der Sitzfläche der Schaukel herunter, ihre Kniekehlen liegen auf der Armlehne, sodass die Unterschenkel herunterbaumeln. Ihren Kopf hat sie in meinen Schoß gelegt. Sie sieht fast ein wenig so aus, als hätte sie sich betrunken zu mir gelegt, und ich frage mich schon, wie lange es wohl dauern wird, bis ihre Füße einschlafen.

Ich streichle sanft über das rote Mal an ihrem Hals und lächle, weil sie das offensichtlich kitzelt. Dann zünde ich die Zigarette an, ziehe den Rauch tief in meine Lunge und atme erst aus, nachdem das Nikotin schon in meinem Hirn angekommen ist. Ich lege meinen linken Arm auf die Rückenlehne, so dass die brennende Zigarette möglichst weit von den schlafenden Mädchen weg ist. Es ist ein so wunderbar friedlicher Anblick: Wie wir uns zu dritt die große Schaukel teilen, im warmen, goldenen Schein der untergehenden Sonne.

Ja, Azraelle ist ebenfalls hier. Sie weiß es nur nicht. Sie hat sich so klein wie nur irgend möglich neben mir zusammengerollt. Ich betrachte nachdenklich ihren inzwischen schon gut sichtbaren, süßen Babybauch. Was dieses Kind wohl in die Welt bringen wird? Es ist zu gleichen Teilen Messias und Antichrist und wird Himmel und Hölle nach Tausenden von Jahren vereinigen. Der verwegene Plan von Emilys Eltern ist also aufgegangen. Ob er wirklich richtig war, wird die Zukunft zeigen.

Die meisten Menschen denken, die Verstorbenen kämen in unseren Träumen zu Besuch auf die Erde, doch in Wahrheit ist es umgekehrt: Azraelle denkt, sie träumt von diesem Augenblick. In Wirklichkeit ist sie aber hier bei uns auf der Schaukel, bis sie wieder aufwacht und in ihre Welt zurückkehrt.

Man weiß nie, was das Schicksal bringen wird. Man weiß nicht, wer am Ende seines irdischen Lebens zu einem finden wird, wann und für wie lange. Azraelle ist ein Engel und dazu Emilys Schwester, daher werden wir sie eines Tages wiedersehen, darüber herrscht Gewissheit. Dass ich hier bei Emily bin, ist dagegen gar nicht so selbstverständlich. Ich war in dieser Geschichte von niemandem vorgesehen und der Platz an Emilys Seite ist einem Engel vorbehalten. Damals, in der Oper, da hat Emily nicht nur wegen Azraelle geweint, sondern auch meinetwegen, weil sie glaubte, mich früher oder später für immer zu verlieren. Sie wusste nicht, dass ich ein Engel bin. Ich wusste es ja nicht einmal selbst. Und ich weiß auch nicht, ob ich es von Anfang an war. Ich glaube ganz einfach, dass manchmal, selten zwar, aber manchmal eben doch, auch scheinbar gewöhnliche Menschen zu Engeln werden können.